聯副70

文學星空下

宇文正◎主編

聯合報

目錄
contents

輯1

我與聯副二三事

輯 2

寫給親愛的聯副

輯3

寫給下一輪文學盛世

輯4

繽紛的天空

輯 5

家副的天空——那些寫專欄的日子

輯 6

追憶似水年華系列講座

跋——

聯副七十，繁花盛開

聯合報社長

「拿到聯合報，我會先看副刊。」許多《聯合報》的讀者這樣告訴我。從《聯合報》創刊第一天起就存在的聯合副刊，打造出無可替代的內容蘊含與品牌價值。它把台灣社會各個面向的心境脈動，帶入報紙的版面，是一扇給大眾的文化窗景。

二〇二一年，不只是聯合報的70歲，也是《聯合副刊》70歲。爲了七十周年，報社內邀集各單位提出具有高度與開創性的點子。執董項國寧與聯經出版發行人林載爵原拍板「世界華人作家節」計畫，許多國外作家也都表達參加意願。但一場大疫，打亂原本的計畫，我們將活動設計轉爲專注在「聯合副刊70周年展」，把原本包括展覽、論壇等的實體活動，改做成線上展。

聯合副刊七十周年展，定名爲「文學星空下」。因爲我們清楚知道，《聯合報・副刊》是專爲寫作者開闢的園地，爲的就是打造出一個眾神薈萃的花園；而七十周年副刊展，希望能如廣闊無邊的夜空，襯托如滿天繁星的作家主角們。這正是《聯合報》創辦人王惕吾先生辦報的初心，在七十年前有如此大器的規畫，也因爲副刊的存在，讓這份報紙完整。

在很短的時間內，團隊把實體活動改到線上。本來一場觀眾有限的實體座談，轉換成沒有人數和疆界限制的線上論壇，十場論壇在網路上的點閱率超過五十萬次。十場論壇分成二個系列：聯副過往點滴，透過「追憶似水年華」系列，邀請作家分享他們與聯副的故事；「台積電青年文學論壇：如何測量文學的邊界」則邀請到年輕一輩作家，就當前重要的文學議題，進行精闢的討論。

「副刊大事紀」以主持聯合副刊的幾位主編爲時間軸：林海音、平鑫濤、馬各、瘂弦、陳義芝，還有目前還在崗位上的宇文正等。他們運用報紙版面，爲台灣文化界、知識界，以高度與遠見，領航我們。每一天的副刊版面，反映時代文化，日復一日，年復一年，才能編織成現在我們看到的夜空繁星。從他們不同的編輯思維，也體現每個世代對文學志業的觀點與態度。

透過這次活動，許多名家憶起他們與聯副的故事，在在讓我們感動。小說家黃春明先生在訪談中提到，他投稿時特別註明，請編輯不要更動台語語氣書寫部分，林海音先生從善如流，在當時推行國語運動風氣下，堪稱壯舉。林先生的書信鼓勵，黃春明說是他日後繼續寫作的動力。林懷民先生則依然難掩興奮的談到副刊給他的第一筆稿費，那是他第一次上舞蹈課的學費。

訪談中，不斷被提及的共同經驗，一封來自聯副主編的親筆信，甚至可能是退稿信，都對寫作者有非同小可的影響。許多作家都深深記得，林海音先生與瘂弦先生二位的來信，是最正面、溫暖的那個記憶。

當年編輯們用盡方法找出最好的創作，不放棄任何乍現靈光的文學新苗。簡媜提到，她第一篇發表的文章，已經在一份宗教刊物發表，聯副編輯看到這篇文章找上她，希望在聯副刊登這篇文章。當年在聯副，有一群編輯的工作，就是閱讀來自各地的各種刊物，試圖在其中披沙揀金，找出優秀文章與作者，邀請到聯副發表。陳義芝在線上論壇印證，香港作家西西與辛其氏，也都是編輯在其他刊物上看到，邀請到聯副發表的作家。

回顧聯副過去，許多提案日後對報社與文學圈，有著深遠的影響。馬各創辦聯合報小說獎，是非官方舉辦的第一個文學獎活動，就是一個很好的例子。後來因應時代需求，增加不同文類，改名「聯合報文學獎」。二〇一四年，改變形式的「聯合報文學大獎」，每年贈獎給已有文學成就，但仍在創作的一位作家。另一個創舉，是在馬各任內，建立撰述委員制度，報社每個月給付五千元，意在讓作家們無後顧之憂，能專心寫作，不需要擔心收入問題。曾任撰述委員的作家包括：季季、吳念眞、三毛、小野、蔣曉雲、李昂、李赫、朱天文、朱天心、丁亞民、蕭颯、羅珞珈……等，今日回顧，花開滿樹，許多作家已成爲文壇巨擘。

爲了能延續前人栽培寫作新人的精神，聯副對剛萌芽的文學幼苗特別關注。今年邁入第十八屆的「台積電青年學生文學獎」，由聯合副刊前主編陳義芝與台積電文教基金會在十八年前（二〇〇四年）合作開辦，許多歷屆得主都繼續在文學界發光發熱。副刊特別企劃「台積電青年文學論壇：如何測量文學的邊界？」與「台積電超新星——寫給下一輪文學盛世」，邀集許多年輕作家暢談時代性的議題。讓我們看見許多文學的未來可能性。

作家簡媜在論壇中說：「寫作的那一支筆，直接通到我們的內心深處。」副刊在聯合報扮演的角色，或許就是那個內心深處，那個渴望與其他心靈交會的園地。

展望下一個七十年，聯合報將繼續扮演這個夜空，讓更多文學星星越光亮越炙熱。

我與聯副二三事

輯一

越過十九歲那座山

三個影響我一生的聯副主編

季季

1965年3月下旬，我遵平先生之囑
去聯副編輯室校對將發表的小說
〈屬於十七歲的〉，
在康定路報社門口偶遇馬各，
把我拉到一旁低聲問道：
「聽說，妳要跟楊蔚結婚了？……
妳最好再考慮考慮……。」……

D3 聯合副刊

越過十九歲那座山

三個影響我一生的聯副主編

1965年3月下旬，我遵平先生之囑
去聯副編輯室校對將發表的小說〈屬於十七歲的〉，
在康定路報社門口偶遇馬各，
把我拉到一旁低聲問道：「聽說，妳要跟楊蔚結婚了？……
妳最好再考慮考慮……。」……

季季

追隨的小妖們

山路不免是崎嶇的。路旁的樹高低錯落。地上的草長短黃綠。間雜的花紅白橙紫。有人獨唱有人互罵。而明星咖啡館隔壁的無黨籍高玉樹又當選市長……。

那是一九六四年，初到都會的我在攀越十九歲那座山的途中所見的台北。我去台大夜補班上殷海光的理則學，去蕭孟能的文星書店做店員，去明星咖啡館寫小說；也因結識一些編輯與作家，幸獲他們的鼓勵與協助。其中三個前輩，甚至影響我一生。

何其巧合，三個前輩都曾擔任聯副主編。更爲巧合者，馬各勸我不要倉卒結婚；平鑫濤爲我籌辦鷺鷥潭婚禮；林海音協助我在台北法院公證離婚……。

時適五十餘年，三位前輩先後離世；環繞著他們及聯副的人與事猶歷歷在目。

馬各——激勵我走入編輯之路的推手

三個前輩中，林海音最年長（1918.04.28—2001.12.01）。但我最早結識的是馬各（1926.12.27—2006.09.16）。

一九六四年三月八日，我在徐州路台大法學院第一次見到馬各。當時他是《聯合報》編輯，三十八歲，未婚，出版過《提燈的人》《遲春花》《媽媽的鞋子》等書。陪在他身邊的M小姐與我同年，也寫小說，曾獲《文星》雜誌小說徵文首獎。

那個歷史性的會面，是我的雲林筆友林懷民預作安排的。懷民小我兩歲，伶俐早慧，一九六一年四月就讀台中一中，初三即在林海音主編的聯副發表〈兒歌〉；五月發表〈鐵道上〉則已是馬各主編。——但因沉迷寫作愛看小說，他高中沒考上台中一中。

一九六二年四月，我接到他第一封信。當時他讀衛道中學高一，我讀虎尾女中高二。後來我才知道，他父親林金生是雲林縣長，他假日從台中回斗六的家，翻閱《雲林青年》常看到我的習作，於是寫信到虎尾女中。此後，兩個愛寫作的筆友信來信去無所不談；他還介紹馬各、隱地、鄭英男等筆友與我通信。

一九六四年三月初，我在信裡告訴他台大夜間部補習班招生及報名的日期，說我想再去讀點書，住在台北專心寫作。他知道我受不了永定親戚的提親潮，立即為我規畫三月八日八點的火車從斗六出發，下午三點多到台北，坐三輪車去台大法學院；並說他會寫信請馬各去那裡等我：「放心，馬各會照顧妳……。」

此後，馬各照顧我的，不止於三月八日協助報名。當時他和同任《聯合報》編輯的韓濟在永和勵行中學附近張家分租房間，特別請張太太幫我在她家對面巷子找到二百元一個月的小房間；也曾叫我和他們一起在張家包中飯，有

↑馬各於2004年於文訊舉辦重陽敬老活動中的留影。

↓1978年2月8日，馬各夫婦與孩子攝於季季家。

機會多聊天，因而得知不少軼聞祕事。篇幅所限，這裡只說三件。

一是他的瘦。「妳不知道我只剩半個胃……。」原來他年輕時脾氣急躁，菸不離口且愛喝酒，早已割掉半個胃。

二是朗誦M的信。他和M的生活觀差異日增，決心分手，然而仍不時想念。一天飯後，他拿出一疊淺藍信紙，說是以前和M感情深濃時隨手寫的；「這些我都沒寄給她，」他抽出一張說：「我來朗誦一段給妳聽……。」

那信紙薄如蟬翼近乎透明，大小如現在的A4。那時代沒原子筆，橫寫的鋼筆字一行行細密如蟻，他低著頭輕聲朗讀，我不時聽到「哦—M！哦—M！……」。

最後一句「哦—M！」結束時，我拉著衣角拭淚，他也哽咽久久。

三是他曾兩度出任聯副主編。第一次是林海音因「船長事件」被請辭，他於一九六三年四月二十四日主編至六月十八日。我問他爲何編那麼短時間？他說，氣不過嘛，有些大老名家讓他受不了。我請他舉個例子。他說，有個名教授寄來一萬多字稿子，寫他陪太太坐公路局回娘家；「拉拉雜雜的，車子都還沒過中興橋，就已經五千多字了，唉——！」

過了兩年，四十歲的馬各結緣曾久芳，中年喜得兩子，後半生圓滿幸福。

我則在他結婚的前一年，沒聽他規勸而在婚姻路上艱酸備嘗。

一九六五年三月下旬，我遵平先生之囑去聯副編輯室校對將發表的小說〈屬於十七歲的〉，在康定路報社門口偶遇馬各，把我拉到一旁低聲問道：「聽說，妳要跟楊蔚結婚了？……妳最好再考慮考慮，聽說他愛賭博……。」他大楊蔚三歲，又在報社共事多年，想必比我了解得多。然而楊蔚已把消息傳出去，癡傻的我怎能「再考慮考慮」？

回頭來說馬各第二次主編聯副（1976.2.1—1977.9.30），雖不足兩年，到底比第一次長得多；尤其重視提拔年輕作家，發表蕭麗紅《桂花巷》及吳念眞〈婚禮〉等成名作。舉辦第一屆聯合報小說獎，更是首開全球中文報業之先例；得獎的蔣曉雲、朱天文、朱天心等人，四十餘年來作品無數，早已奠定名家地位。

那一年，隱地要我爲他主編的《書評書目》寫「每月短篇小說評介」並編年度小說。馬各每次讀完評介必來電話討論，有觀點相近也有所見略異者。五月上旬聯副發表王禎和〈素蘭要出嫁〉，他讀了評介來電話，開頭就說：「這篇寫得好！……」幾句之後卻說：「我想請妳幫個忙……。」

他說，第一屆聯合報小說獎七月三十一日要截止收件了，初複審由報社編輯部幾位主管負責；「我想請妳跟我一起把他們看過的稿件都再看一次。」

那個悶熱八月，我多次提著成綑稿件去忠孝東路聯合報四樓與馬各交換，終於輪流看完1212件來稿；我從初審淘汰稿挑上來的〈我愛博士〉後來得佳作獎。

一九七七年第二屆，提早於六月十五日截稿，馬各仍要我與他重看所有小說稿（739件）。八月他讀完《六十五年短篇小說選》又來電話，討論我的「編選序言」及對每篇作品的評介……。最後，他說聯副有個缺，「妳要不要來上班？」

當時我已專業寫作十四年，習慣通宵寫稿天亮才睡，自由自在慣了；而且兒子小二女兒將升小學，都還不會自理生活……。

然而，我這些理由沒能說服馬各，反而是一個多禮拜後他叫我去他家，當面說服了我；其中關鍵是這一句：「妳有沒有想過，孩子會長大，以後的教育費用一年年增加，光靠妳的稿費是不夠的……。」

謝謝馬各的遠見，我終於決定把兒女送回永定讀小學；也因他的激勵，我開始了其後三十餘年的編輯生涯。

平鑫濤——傑出的編輯人，敏銳的夢想家

平鑫濤先生（1927.7.24—2019.5.23）主編聯副，有幾項經歷較爲特殊。一，他主編聯副的開始與結束：一九六三年六月十九日從馬各手上接任主編；一九七六年一月三十一日又把主編棒子交給馬各。二，其他主編都文科畢業後即長期服務於媒體；他則商科畢業後進台肥做會計，十餘年後才轉任聯副主編。三，他是台灣最早的西洋流行音樂推手；在台肥服務期間即兼任空軍廣播電台《熱門音樂》主持人。四，他英文好，成立皇冠出版社初期翻譯多本美國暢銷書。五，創辦《皇冠》雜誌七年後辭台肥與電台，進《聯合報》編《現代知識》周刊，不到一年被調升聯副主編；十二年後，《皇冠》是台灣最暢銷雜誌而出版社也規模擴大，「平老闆」難以兼顧只好辭職。六，他堂伯平襟亞是上海中央書店老闆兼《萬象》雜誌發行人；一九四三年夏聘柯靈任主編，張愛玲於八月開始在《萬象》發表〈心經〉、〈琉璃瓦〉等名作並於一九四四年一月連載首部長篇《連環套》……。平先生從高中到大學讀了不少張愛玲。一九六七年，他開始獨家處理張愛玲作品的發表與出版。——他不只是傑出的編輯人，更是敏銳的夢想家。

我第一次與平先生見面是一九六四年六月十八日晚上，他與平太太林婉珍在松江路新台北大飯店宴請第一批「皇冠基本作家」。第二次是七月一日中午，在康定路26號5樓，《聯合報》發行人王惕吾宴請「皇冠基本作家」；平先生當時任聯副主編，也請總編輯劉昌平，祕書宋仰高等人作陪。

在那名家雲集的場合，十九歲的我是唯一的台灣人，第一次在大飯店吃江浙宴席，怯生生少言少語。前輩們的話題大多繞著《皇冠》與文學界；許多事我還不了解，但平先生與司馬中原的兩句話讓我大吃一驚，牢記至今。

「皇冠最近已經銷到五萬份，」平先生向我們報告：「聽說《台灣新生報》現在才銷兩萬份。」

「呃，《新生報》，那是省政府的，以前曾是台灣第一大報呢，」愛講笑話的司馬中原說：「不過現在第一大報是《中央日報》啦，國民黨的。」

這樣啊！難怪我讀虎尾女中時，學校只訂《台灣新生報》和《中央日報》。還好虎尾書店有《皇冠》、《文星》；我高中畢業得文藝營首獎後，壯起膽子投稿《皇冠》；九月寄去，十一月發表，平先生還曾寫信來鼓勵。

不過我剛到台北時，曾和《中央日報》有段淵源。三月中旬，偶然行經台北火車站附近，看到《中央日報》大樓橫懸一片燦爛紅布，上面六個醒目白

↑1964年6月19日，平鑫濤在新台北大飯店宴請「皇冠基本作家」等友人。
前排左起：平太太林婉珍、瓊瑤、季季、聶華玲、琦君。後排左起：高陽、吳詠九、茅及銓、平鑫濤、司馬桑敦、司馬中原、段彩華。

→1964年5月9日，平鑫濤籌辦的鷺鷥潭婚禮一景。前排左起：皇冠經理楊兆青、新郎楊蔚、新娘季季。

字：「全國第一大報」。

想做職業作家的我於是決定投稿這「第一大報」。三月三十日在中副登第一篇，五月十六日登第四篇。後來聽當時主編中副的孫如陵說過一句處理稿件快的名言：「一個雞蛋，打開一聞就知道是不是臭蛋。」——幸好我那四篇小說不是臭蛋，都是投去一星期就發表。

中副雖然發表快，稿費卻要一個多月才收到。六月十九日簽訂「皇冠基本作家」合約後，稿件交給平先生即可預支稿費，此後我的小說大多在《皇冠》與聯副發表，沒再投給中副。——而當年的「全國第一大報」，已於二〇〇六年停刊。

平先生接任主編後，聯副風格漸有變化，開始以企畫編輯構想推出「精選小說」、「名家小說」、「接力小說」；最先推出的「精選小說」，爲《聯合報》後來的文學獎揭開序幕。

一九六四年是《聯合報》十三周年，九月十六日社慶，九月二十一日公布「精選小說」徵文辦法：字數上限15000字，十二月三十一日截稿，次年三月揭曉；不分名次，獎金是稿費一千字二百元。哇，是當時中副聯副稿費的四倍，難怪後來收到1574件來稿。他請徐鍾珮、聶華苓、朱西甯、鍾梅音等名家評選了半年；入選作者包括鍾鐵民、鄭清文、楚卿、馮菊枝、季季、王令嫻等十餘人……；一九六五年元月起每月發表一篇。

我那篇〈屬於十七歲的〉寫了半年才寄出，三月六日公布第一批入選名單後，朱橋來信約定四月五日下午陪我去台北工專演講；到了會場發現入門牆上貼著當天聯副，整版只登一篇〈屬於十七歲的〉；後來收到稿費3200元，可讓我付十六個月房租。——在我的寫作生涯裡，這紀錄是空前絕後的。

而在這紀錄之前，另一件〈屬於十七歲的〉紀錄也是空前絕後的。

平先生與我簽約之後，對我這個最小的基本作家最嚴格：發表小說前都需親自三校；在《皇冠》發表就去南京東路三段《皇冠》社；在聯副發表則去康定路《聯合報》社。這嚴格的磨練，後來卻帶給我嚴酷的考驗。先是八月十六日我在聯副發表第一篇小說〈崩〉，平先生通知我八月初去報社校對；楊蔚過來聊天，他介紹我們認識……。次年三月〈屬於十七歲的〉入選後，他通知我三月二十五日去報社校對。眞是巧，就是那天下午在報社門口遇到馬各，勸我愼重考慮與楊蔚結婚之事；到了三樓副刊室校對完，平先生竟說要幫我籌辦婚禮。

「聽說妳跟楊蔚要結婚了，」平先生說：「日期定了嗎？」

我只好坦白回答：「定了，五月九日，是他的生日。」

他又問婚宴地點在哪裡？我說不舉行婚宴，我爸叫我們不要浪費。

平先生微皺著眉苦笑，「結婚是大事，總要慶祝一下嘛，」他沉吟了一下：「這樣好了，我來幫妳辦個到野外玩玩的婚禮……。」

平先生曾帶我們基本作家去玩，第一次宜蘭太平山，第二次嘉義阿里山。第三次，他選了台北近郊的鷺鷥潭。五月九日那天，他準備了結婚證書，吃的喝的，二十多個文友去鷺鷥潭熱鬧大半天；已經考上政大的懷民也來了。

鷺鷥潭回來後，平先生幫我們印了一百份紅底金字請柬分寄給沒參加婚禮的親友，並約十八位參加婚禮的作家撰稿，在六月號《皇冠》推出十五頁「婚禮進行曲」專輯；首頁是一隻在高空飛翔的白鷺鷥……。

在那個經濟尚未起飛的年代，一家民營雜誌為二十歲的作家辦婚禮印請柬做專輯；除了平先生，誰有這樣的創意和魄力？遺憾的是，誰能料到，從介紹人到專輯製作人，這善意和創意卻在後來結出惡果？

而我自己，也在多年之後才了悟：我第一次見到楊蔚是第一次去聯副編輯室，而那天三校的小說是〈崩〉！——十九歲的我，在越過那座山的寫作途中，潛意識裡是否已經預料了未來的崩解？

林海音——我們的再生母親

我沒見到林海音之前就聽說大家都叫她林先生。第一次見她，果然領受到林先生的氣勢。——那時她已出版《綠藻與鹹蛋》及《城南舊事》等名作。

一九六四年十一月，任職實踐家專（今實踐大學）的叢靜文，邀我與中國婦女寫作協會的前輩去與學生座談寫作。結束之後，在叢靜文的辦公室喝茶，婦協總幹事劉枋遞一張紙到我面前：「這是我們婦協的入會申請書，其他的我都塡好啦，妳只要簽名就好。」我對參加寫作協會這類組織沒興趣，遲疑著不知所措。

「簽啊，」坐我對面的林先生說：「劉枋要妳簽，妳就簽嘛，又不是壞事情。」哦，果然是林先生，我趕緊拿起筆，乖乖簽了名（但後來很少去開會）。

一九六五年四月十八日，林先生應邀訪美四個月；是美國國務院「認識美國」邀請的第一位台灣女作家。劉枋來信要我去松山機場送行。當天春雨淅瀝，琦君等二十多位前輩也都來了，劉枋要年齡最小的我代表婦協獻花；我毫不遲疑，欣然受命。當我把慶祝送行的五彩花環套在林先生脖子上時，她在我耳邊輕聲問道：「聽說妳要和楊蔚結婚了？」

四個多月後林先生回到台北。九月十七日楊蔚在平先生編的聯副第一次發表小說〈昨日之怒〉，林先生那晚就打電話去報社，稱讚〈昨日之怒〉寫得好，恭喜他新婚，並邀我們去她家吃飯看幻燈片。

九月十九日，在重慶南路三段141巷1號的日式宿舍裡，我們包水餃，喝酸辣湯，欣賞她在美國拍的幻燈片：包括馬克．吐溫的家鄉；訪問一九三八年諾貝爾文學獎得主賽珍珠及《京華風雲》作者林語堂等等。

我印象最深刻的是她也拍了不少美國人廚房裡的冰箱，電爐，烤箱，各式不鏽鋼鍋子：「你們看，美國人的爐子鍋子一大堆，做的菜就那兩三樣，不是烤雞就是烤魚煎牛排煮馬鈴薯，」林先生大聲的說：

「哪像我們中國人，一個煤球爐兩個鐵鍋就可以做一桌菜。」

臨走時，林先生送我一張照片。

「這張我跟賽珍珠的合照是紀念，」她說：「送給妳這個新娘子也是紀念。」

那個星期天黃昏回到永和中興街的家，我才知道楊蔚在綠島坐牢時曾投稿聯副，和林先生通過信……。

「林先生真是個熱心的好人，她可是我的再生母親啊！……」楊蔚嘆息著：「如果不是林先生，我早就不知死到哪裡去了！……」

原來，他一九五六年六月出獄後發現綠島戀人已別嫁，生活又流離不定，絕望之餘在新公園服毒自殺，陷入昏迷時被路人送去台大急診處，消息上了

↑ 1980年9月，林海音（左二）與季季（右一）參加聯合報文學獎頒獎典禮。（左一高信疆，右二楊明顯）。

→1965年9月19日，林海音送給季季她在美國與賽珍珠的合影。

《自立晚報》。林先生看到報導，立即坐三輪車去急診處慰問，連著兩天給他送生活費付醫藥費，鼓勵他繼續給聯副寫小說。當時柏楊任《自立晚報》採訪主任，林先生還去拜託他幫忙……。於是，楊蔚從《自立晚報》駐桃園記者開始新聞生涯，也陸續在聯副發表〈六萬頭老鼠〉、〈跪向升起的月亮〉等八篇小說。一九六四年被挖角到《聯合報》後，跑社會新聞，寫音樂家與畫家專欄，較少再寫小說。

然而，一九六八年五月涉及陳映眞等人的「民主台灣聯盟」案後，他用狂賭麻醉腦袋，以沉淪贖罪自己，導致債務累累，債主不時登門，常常無米下鍋。我忍了又忍，幾次說要離婚，他的拳頭就揮過來……。

終於，在精神瀕臨崩潰之際，我二度走進林先生的家，把幾年來藏在心底的鬱結說出來……。

一九七一年十一月十六日，林先生邀姚宜瑛大姊協助作證，我才得以在台北地方法院與楊蔚公證離婚。林先生後來告訴我，她把楊蔚叫去勸說四小時，他才答應的。——如果沒有林先生這個「再生母親」，我與孩子何能重生？

林先生不止是我們的再生母親。她心胸寬闊，行事俐落，主編聯副期間還幫過很多極需協助的弱勢者。如果不是「船長事件」，她主編聯副應該不只十年。然而她沒埋怨，始終樂觀奮發，繼續創作與編書。自創「純文學」出版社後，出了很多暢銷書與長銷書；不用支票，現金交易，打造了讓出版界羨慕、敬佩的金字招牌。她家也因而越搬越大，後來甚至在忠孝東路買「紫屋」，延吉街購「吉屋」，專門招待海外返台的親朋好友。她曾帶我參觀那兩座「免費旅館」，但最常邀我去的是忠孝東路四段永春大廈六樓的客廳，少則六七人多則十餘人，一群文友吃她的拿手菜，喝夏先生泡的老人茶，閒聊文壇大小事……。

某次飯後，一位久別歸來的海外學人不無遺憾的說起當年「船長事件」，正給我們注茶的夏先生不急不緩說道：

「要不是發生那件事，海音離開報社自己創業，我們哪有今天？」

一向快人快語的林先生也接著回道：

「是啊，承楹說的倒是眞話。」

——那是我唯一聽過的，林先生對聯副「船長事件」的斷語。

文青小林成長物語

林懷民

高一寒假到台北，我去拜訪林海音先生。
多年後，她會告訴人，十五歲的林懷民去她家，
坐得筆直，一本正經的請教寫作的問題。
事實上，我不知如何告辭，林先生的少爺回來，
要吃中飯，我還呆呆坐著，
林先生只好留我一起吃餃子……

D3 聯合副刊
文青小林成長物語
把海峽和陸地壓縮了
斯文在茲，在副刊，在人
讓媽媽吃味的聯副

我的童年不好玩。我沒玩過尪仔標或彈珠。家裡的規矩是放學就回家，回家就做功課。人生目標只能有一個：考上台大。我總是快速做完作業，然後抓起叔叔們讀爛的，上海商務出版的《紅樓》《三國》《水滸》，不求甚解地翻來翻去。

考上台中一中初中部的暑假，我發現書櫃上方堆著厚厚幾疊雜誌。站上椅子搬下來，是好幾年份的《自由中國》半月刊。整個夏天，我沒想出門，似懂非懂的讀胡適，殷海光的文章，癡迷反覆閱讀後半冊的文學欄：梁實秋的「雅舍小品」，吳魯芹的「雞尾酒會」，徐訏的「江湖行」，聶華苓的「翡翠貓」，還有林海音的「城南舊事」。

初三下學期，班上來了高我半個頭的江春男。他投稿《野風》，拿到稿費，我們去中央書局買書。世界上竟有這麼好的事！回家我也寫了一篇。那陣子我下課十分鐘也跑去圖書館讀聯合副刊，就抄了報社住址寄出去。一個禮拜後，看到〈兒歌〉變成鉛字登在聯副，我抓了春男一起去圖書館看那篇短文。我們都覺得不可置信。

更奇蹟的是千把字的〈兒歌〉稿費高達三十元，可以看十六場電影！我想了想，決定去學舞，三十元剛好付了辜雅棽舞蹈社一個月的學費，每周三次去上芭蕾。十四歲的我完全趕不上自幼習舞的小妹妹，卻也不十分在意，因爲我全心投入寫作，再接再厲投稿聯副。我天天跑圖書館，等了兩個禮拜，等到一封信：「最近稿擠，大作要遲幾天刊登。」署名林海音。我這才知道，原來聯副主編就是寫《城南舊事》的林海音先生！

那是瘋狂的春天。讀小說，寫小說，還去跳舞，高中聯考我差三分，沒考上一中。父親大怒，不許我去念台中二中，讓我去管教嚴格的衛道中學住校。衛道偏遠，舞蹈課中斷，卻不妨礙我繼續寫三年。

高一寒假到台北，我去拜訪林海音先生。多年後，她會告訴人，十五歲的林懷民去她家，坐得筆直，一本正經的請教寫作的問題。事實上，我不知如何告辭，林先生的少爺回來，要吃中飯，我還呆呆坐著，林先生只好留我一起吃餃子。

開學後，我在聯副讀到兩篇「奇怪」的小說。一篇題目怪：〈失業、撲克、炸魷魚〉，作者名字也怪，叫七等生。另一篇〈把瓶子升上去〉講早上大家到學校時，看到國旗桿上吊著一個瓶子，叮叮叮地輕敲旗桿。戒嚴，審查的台灣，半夜把國旗解下來，把空瓶子升上去？許多年後，我才聽說，林先生考慮再三，決心刊登，發排後，改變主意，拆版，換上另一篇。回家後還是捨不得，於是再打電話，請排字工人再拆版，還是「把瓶子升上去」！二十八歲的黃春明才能在第二天看到他叛逆的小說在聯副跟讀者見面。

知道我在寫小說，喜歡拉小提琴的二叔告訴我，他年輕時，到松山結核療養院養病，一位叫作鍾理和的病友也在聯副發表文章。鍾先生非常安靜，二叔說，常常整天不說話。

再收到稿費，我馬上買了《雨》和《笠山農場》。書裡交代了出版的過程：一九六〇年八月四日，理和先生咯血往生，鮮血濺上正在修改的中篇小說《雨》的稿紙上。三個禮拜後，聯副開始連載《雨》。林海音先生和鍾肇政，

林懷民（攝於1979年，本報資料照片）

文心等長輩組成「鍾理和遺著出版委員會」，在理和先生百日祭那天，把結集成書的《雨》供到供桌上。理和先生逝世周年，《笠山農場》出版問世。

林海音先生會修改我的稿子，同時附信說明理由。高二那年，很例外的，沒刊登也沒退稿。隔了好一陣子，才收到聯合報寄來的文章剪報，以及馬各的信，告訴我，林先生已離職，他接任聯副主編，如有新作要寄給他。

多年後，我才聽說，一九六三年，聯副發表一首題爲〈故事〉的新詩，講一個愚昧的船長漂流孤島，陷入困境，老死島上，被警備總部認爲影射領袖，林先生因此辭職，作者入獄三年多。

我買到馬各的書，讀到「一直是在煙波暮靄中釣星星的孩子」的句子，把它抄進筆記本裡。我投的稿馬各不一定登，我的信卻都馬上回，回答小文青的問題，聽慘綠少年訴苦，也分享他的生活：「下午滂沱大雨，報社一樓淹水，我們脫了鞋，捲起褲腳，踩水進去，像搶灘。」

大我二十一歲的馬各沒把我當孩子，我們成了無所不談，每日一信的筆友。被關在衛道，我憧憬台北和文學，晚自習時，專心爬格子，給馬各寫信，聯考很可怕也很遙遠，考上政大，完全是意外。

等我十七歲上台北時，馬各已經調離聯副，《皇冠》雜誌創辦人平鑫濤先生接任主編。但馬各仍然像大哥哥那樣招呼我，不斷問我缺什麼，可以怎麼幫我安頓下來。

二〇〇五年，筆名馬各的駱學良先生病逝。張作錦先生在懷念他的文章說：「馬各敬事也敬人，他給作者、讀者寫信之勤之多，常令我吃驚。若把這些來往函札編輯起來，是很有價值的文壇史料。馬各不單是尊重成名作家，尤其獎掖年輕作者，常請他們個別的、集體的喝茶聊天。」我就是他鼓勵呵護的孩子之一。

到台北沒多久，平先生跟我簽了皇冠基本作家合同，可以預支稿費。但大一的我當然趕不上瓊瑤，朱西甯，司馬中原這些前輩，對皇冠貢獻萬分微薄。

平先生主持聯副十多年，在林海音先生十年樹立的純文學風格，注入皇冠的大眾品味。六十年代瓊瑤的《煙雨濛濛》，七十年代三毛的《撒哈拉的故事》在聯副連載，造成轟動。一九六六年，三浦綾子的《冰點》在副刊全版連載九天後隨即全書出版，二十萬冊三天之內售盡，不斷再版，創造了台灣暢銷書的高峰。谷歌說，這個紀錄四十年後才被《哈利波特》打破。

大學時代，我窩在圖書館讀小說，視野漸開，眼高手低，寫得艱難，作品多在王鼎鈞先生以及後來的桑品載先生主編的《徵信新聞報》（《中國時報》

林懷民攝於2013年。

前身）副刊發表。

畢業那年，余光中先生出任《現代文學》主編，向我約稿。我在部隊宿舍埋頭寫出中篇《蟬》，現代文學分兩期發表。然後，退伍，出書，到密蘇里大學新聞學院讀書。一個多月後，收到素昧平生的聶華苓先生來信，邀我去艾荷華共度感恩節。火雞大餐後，聶先生和安格爾先生問我要不要過去，參加國際寫作計畫。我那時在大學餐廳打工，還包下周末清洗大餐廳地板和廁所的差事，立刻說好。

寫作計畫是國際作家交流的平台。我需要讀個學位跟父母交差，就進了英文系的作家工作坊，同時每周四次去上現代舞課，也參加學校舞團的演出。在艾荷華，後知後覺的我才發現，啓蒙我寫作的《自由中國》文學欄的主編就是聶華苓先生！

一九七二年，讀完書，回台灣，回政大教書。一年後，我給自己闖了大禍：在沒有專業背景，不知舞團爲何物的狀況下，創辦了雲門舞集。

一九七六年，平鑫濤先生離開報社，全心經營皇冠和電影公司，馬各重掌聯副。隔年馬各創辦聯合報短篇小說獎，邀我當評審。我說，我我我不敢跟林海音，彭歌這些長輩坐在一起。他說，我們需要有年輕人的觀點。大哥有令，只能遵從。那是獎金豐厚的民間文學獎的開端。

七七年，馬各策畫了「特約撰述」制度，聯合報跟一批年輕作家簽合同，月薪五千，稿費另計。那時我在政大的講師薪水只有三千出頭。印象中，簽約的作家包括三毛，吳念眞，李昂，朱天文，朱天心，蔣曉雲，小野。

同年十月，馬各升任聯合報副總編輯，剛從美國拿到碩士學位返台的瘂弦先生接任聯副主編。隔年，高信疆重掌中國時報副刊。聯副，人間就此展開激烈的良性競爭。七八十年代，民間在壓抑的政治氛圍中，重新認識島嶼與歷史，力圖發聲，副刊的範疇從文學擴大到社會參與，推動了台灣當代文化的發展。

瘂弦是偶像級的詩人。幾代文青跪讀，背誦「哈里路亞！我仍活著。工作，散步，向壞人致敬，微笑和不朽。爲生存而生存，爲看雲而看雲，厚著臉皮占地球的一部分……」這類的名句。

去威斯康辛大學深造前，瘂弦主編《幼獅文藝》，用過我幾篇小說，總是叫我「小林，小林」。「小林對文字很堅持。」多年後，瘂弦成爲「瘂公」，見面時總會這樣跟我開玩笑。

我投給《幼獅文藝》的〈逝者〉，寫捐軀馬祖的軍人。瘂弦請我去編輯部喝茶，說他準備發表，問我「屍白的灘地」能不能改爲「慘白的灘地」？「到底是前線嘛，就只改一個字。」「小林」很倔強，不肯改。

瘂弦可以退稿，可以紅筆一揮，改幾個字發排，卻又費心地把小朋友的作品寄給朱西甯先生看。過幾天，朱先生請我們到家裡吃飯。劉慕沙阿姨布出一桌豐盛的菜肴。飯後喝茶，朱先生拿出我的稿子，說寫得很好呀。〈逝者〉一字不改發表。

退伍後，等待出國的那個暑假，白先勇從美國回台北探親，瘂弦叫「小

兒歌

林懷民

←↑民國50年4月24日，林懷民首次在聯副發表創作〈兒歌〉，右上圖為局部格放。

一個國家記得誰?

月亮碎片裡舞

政治愈少，生活愈好

← 2007年5月間，雲門舞集展開為期七周，跨越澳亞歐的海外巡演，聯副連載林懷民的「流浪者之歌」巡演手記。

林」去採訪他。後來他聽說我在艾荷華跳舞，就要我寄幾張照片給他。《幼獅文藝》登出的舞蹈照片，讓台北的朋友嚇了一跳。

許多年後，我才明白，我去艾荷華讀書的緣由：瘂弦把《蟬》寄給聶先生，聶先生讀完後，約我過去談話，又找了在柏克萊攻讀博士學位，還未改名楊牧的葉珊寫推薦信，我才成爲國際寫作計畫的成員，才在艾城變成一個光腳跳舞的人。

這件事情，三位長輩從未跟我提起。

主持聯副，瘂弦向我約稿，我說已經不會寫小說了。寫什麼都好，他回信說，寫寫跳舞的事，寫雲門，讓人知道你在做什麼，知道什麼是現代舞。

一九七九年，雲門首度赴美巡演。聯副全版刊登〈雲門舞集在美國〉、〈爲藝術遠征軍喝采！〉，瘂弦請文化版記者黃寤蘭譯出《紐約時報》全版特寫，與熱烈好評。黃寤蘭也採訪了正在舊金山訪問的殷張蘭熙女士。Nancy說，「每個社會都要有一些狂熱的忘我分子，披荊斬棘，做出常人做不到的事業來……在國外受到如此的重視，雲門成功了。」她還說，《紐約時報》登出舞評那天，林懷民一大早打電話給她，激動得不得了，完全忘了東西岸有時差，舊金山還是三更半夜。

那是八周四十城的苦旅。聯副報導刊登時，舞團仍在路上，是最煎熬的第四周。「小林」和雲門成員收到來自故鄉的溫暖鼓勵，士氣爲之一振，覺得可以繼續奮鬥下去。

一九九七年秋天，我編作《家族合唱》，輓悼二二八和白色恐怖的犧牲者。聯副刊登我創作歷程的長文〈一通沒人接聽的電話〉。那是瘂弦最後一次發表我的文字。翌年，他從固守二十一年的崗位退休，移居加拿大。

九十年代後期起，雲門國際巡演頻繁。海外行程有時一年高達百日，有幾年每年要演六七套不同的節目。在台灣的時間，總在排練場，編新舞排舊作。文字離我愈來愈遠。接替瘂弦主編聯副的詩人陳義芝邀稿，我總是讓他失望。

二〇〇七年春天，雲門有七周的澳歐巡演行程，行銷部要我在舞團網站報導巡演的狀況。我就在候機室，飛機上，巴士上，在劇場後台，寫出長短不一的札記。剛好義芝來信，說他就要離開報社去師大教書，約了十年稿，總該給他一篇吧，寫什麼他都登。我請他選幾篇札記在聯副同步發表。沒想到他每天登，〈流浪者之歌〉連載四十一天。

網站興起，紙本媒體衰退，後援有限的副刊無法像八十年代那樣風風火火，呼風喚雨。接續義芝的主編宇文正卻像靈敏的巧婦，堅守副刊的文學性，不時發表眼亮的文章讓人討論傳誦。七十歲的聯副仍然是台灣文學重鎮。

曾幾何時，「小林」已成白髮蒼蒼的老林，思緒散漫，單指擊鍵屢屢出錯，不得不寫的唯有輓歌。文正讓我在聯副發表了懷念母親的〈心經〉，以及追悼漢聲雜誌創辦人吳美雲的〈思念Linda／回顧一個奮發的年代〉。

聯副七十，文正要我寫篇文章，我愕然發覺〈兒歌〉登到聯副已是六十年前的事了。我想起林海音，馬各，和瘂弦寫在聯副褐黃柔軟稿紙上的溫暖文字。

我想起林先生的家宴，她親自下廚的美食，她豪邁的笑聲。在她家，我認識了余光中先生，齊邦媛先生，還有後來熱情支持雲門的中華民國筆會會長，翻譯家殷張蘭熙女士。這幾位長輩爲成長中的我拓展視野，樹立爲人處世的風範。

無法忘懷馬各說起抗戰中「十萬青年十萬軍」的激情，以及他成年後的瀟灑氣度。主掌聯副二十年給作者寫了上萬封信的瘂弦，跟我這個晚輩敘述，他以「少年兵」的身分隨軍來台，思鄉思母，離家四十二年後，回到故鄉，親戚轉告他母親的遺言：「告訴我娃兒，娘是想他想死的。」他們都是從離散的時代走出來的年輕人，孤身奮鬥卓然成家，永遠寬厚待人。

我何其幸運，能夠在許多長輩的栽培提攜下走到今天，我始終覺得應該做得更好，也期待自己能像這些長輩們那樣，對年輕朋友竭力協助。

雲門事務繁雜，我的大腦容量不足，退休後發現記得的事情很少，有些舞作需人提醒才知道自己編過，去過哪些城市演出，要翻閱大塊出版的《跟雲門去流浪》求證。長年關在排練場工作，幾乎沒有社交生活，卻為了演出的宣傳，每年幾百小時，在國際電話和每個城市的記者會講話，記者竟成為我「聊天」的對象，不知不覺跟長輩和朋友少了聯繫。

盛夏居家，一面為疫情焦慮，生氣，一面追憶往事，查證年代，這篇文章寫得斷斷續續，心中充滿遺憾。我問自己：瘂弦返台時，為什麼沒跟他吃幾頓飯聊聊天？為什麼從來沒有跟馬各一起出海釣魚？

報紙・聯副・丘彥明

我們的美好時代

蔣勳

一個好的副刊，
在威權戒嚴的時代，像高牆上一點點隙縫，
讓人窺探看見高牆外還有廣闊天地……

D3 聯合副刊

報紙・聯副・丘彥明

我們的美好時代

副刊的黃金年代

蔣勳 文

關於書寫與發表

《聯合報》七十年了，陪伴我們成長的七十年，值得我感謝思念的七十年。

大概有至少二十年沒有買過實體報紙了，包括《聯合報》，這時候寫祝賀的話，其實有點內疚。

我童年的時候，台北清晨的街巷可以看到騎腳踏車送報的畫面。有時是年輕學生，利用到學校上課前的一點時間，各家分派報紙，賺一點自己的生活費，或者補貼家用。

報紙捲成筒狀，丟進各家信箱的畫面，我很熟悉，有時候懷疑自己是否太久沒有早起，錯過了這畫面，然而即使五點前起床，街巷裡也不再容易看到這畫面了。

五〇年代，我們家沒有訂報，多數家庭好像也沒有訂報。上小學的時候，會經過社區張貼訊息的海報板，上面會貼著當天的報紙。記得早上是《中央日報》，下午是《大華晚報》。

中學的時候，一早到學校，也有張貼報紙的布告欄，也是《中央日報》。

那時報紙頭條新聞好像每天都沒有什麼變化，隔幾天看，隔幾個月看，似乎沒有什麼不同。

也許因爲這樣的印象，後來看報紙總從報紙尾巴的副刊看起。

「副刊」，自然是「副」，不是「主」，但是，副刊活潑豐富，有生命力，可以讀到很多有趣的文字。

《中央日報》的副刊當時可以看臥龍生的武俠小說，陳定山奇情小說《五十年代》，也有孫如陵的小方塊散文，都能滿足剛讀初中的我的閱讀渴望。

一大清早，剛到學校，在布告欄前站著看連載小說，聞著剛剛新貼上報紙上的新鮮糨糊味兒，好像是一天重要的儀式。

爲什麼當時只有《中央日報》？爲什麼當時學校都只張貼《中央日報》？當時都沒有能力細想。

人在沒有比較的時候，也沒有選擇。

長大之後，有了《徵信新聞》（《中國時報》），有了《聯合報》，有了《自立晚報》，才恍然大悟，只有一個「中央」是很大的遺憾。

那樣長大，在那樣的時代長大，終其一生，會防範「中央」，中央社，中央廣播電台，《中央日報》，中央電視台，凡有「中央」二字都小心一點。

其實「中央」未必都錯，「中央」未必都假，但是還是多幾種觀察，多幾種比較，自己可以有選擇，自己可以有判斷。

高中的時候，幾乎已經不看《中央日報》，林海音主編的聯合副刊眞是好看。也說不出來爲什麼好看，模模糊糊讀了鍾理和，讀了黃春明，知道島嶼南端有一個叫「笠山」的地方，有依靠伐木生活的人，知道蘭陽平原，知道田地裡有一種氣味是「糞香」。「糞」如何「香」，不是作文，是黃春明眞實生活裡的眞實嗅覺記憶。

一個好的副刊，在威權戒嚴的時代，像高牆上一點點隙縫，讓人窺探看見高牆外還有廣闊天地。

大學時期，我的文青記憶大概就是《聯合》《中時》兩家報紙的副刊，努力在高牆上鑿出一些空洞，透出外面世界的光。

文青時代讀《現代文學》、《文學季刊》，《劇場雜誌》，局限在喜愛文藝的範圍，但畢竟還是少數，不能否認當時的《文星》雜誌，兩大報的副刊，在戒嚴時代，可能還是潛在民主思潮湧動最早的聲浪，隱隱約約，不成氣候，但影響廣大，卻是星火燎原的最早火種吧。

我眞正和聯副熟悉起來是在一九七六年從歐洲回來之後，當時瘂弦主編聯副，高信疆主編中時副刊，許多人都承認大概是台灣報紙副刊最強勢的時代，在戒嚴的最後十年，借助副刊的力量，互相競爭，也互相牽制，走在逐漸沒落的威權邊緣，觸碰禁忌，鬆綁壓抑，帶領大眾，爲台灣此後的民主打開了最早的門窗。

高信疆是我大學學長，瘂弦是高中就認識的前輩，我敬仰的詩人，兩大報副刊因此參與了當時許多活動。

但是，談到聯副，我此後十餘年，接觸最多的是丘彥明，她一九七八年進《聯合報》，擔任當時聯副的編輯，一九八七年底離職赴歐。

將近十年，從交稿、校稿，內容討論，文學獎活動，我與彥明，慢慢從原來的工作關係變成朋友，最後的關係竟然是「閨蜜」，無所不談。

彥明熱愛文學，她做副刊編輯，由瘂弦授權負責作家聯繫，接觸全世界華文作家，有時候我在想，如果彥明寫一本文壇回憶，大概是非常重要的史料。

那也是台灣走向民主最寬容自由的時代，大陸文革結束，許多作家劫後餘生，台灣當時的確是世界華人信念所嚮往的自由之地。以副刊來看，作家絕不局限於台灣一地，馬來西亞，香港，整個大陸，北美、歐洲，所有共同使用漢字書寫，使用華文創作的作家，都成爲彥明關心聯絡的對象。

丘彥明(右)與蔣勳在荷蘭聖阿哈塔小村的花園。

坐鎮於世界華文創作的龍頭，兩報的副刊曾經有過的全盛時代，在紙本報紙全面沒落的今日來看，簡直像一齣神話。

一九八一年，我在愛荷華，兩報在諾貝爾文學獎揭曉前，打長途電話，詢問各個地區作家意見。我手裡拿著電話，一面講，彥明一面記錄，有時候長達一小時。

彥明常常這樣工作，台灣和美國東西岸有時差，和歐洲有時差，我忽然會問彥明：「妳到底怎麼睡覺啊？」

那是那個年代的台灣，那是那個年代的台灣報紙副刊，編輯，不是職業，是一個文學熱愛者全部的生命信仰。

會從工作的關係變成朋友，變成「閨蜜」，因為心疼一個小小的身軀要承擔巨大的超乎負荷的熱情。

那時候常常和彥明談一篇稿子談到深夜，有時候心血來潮，凌晨一、兩點醒來，忽然想：彥明是不是還在辦公室？突發奇想，我打她桌上電話，希望沒有人接，但是，還是有人接了，我嘆一口氣：「彥明，你究竟什麼時候睡覺啊……」

這樣的關係只好用「閨蜜」形容，職場上不會再多見彥明這樣的人了吧。

除了聯副的編輯工作，一九八七年又與瘂弦、梅新等人，協助張寶琴女士創立聯合文學，兼任編務。記得很清楚，第一期做的是「木心專輯」，完整介紹了文革之後剛到美國木心的重要作品。木心從一個原來大家一點不知道的作家變成華文世界爭相討論的文學巨匠，報紙副刊，文學雜誌在台灣曾經起了多麼巨大的作用。

彥明主持的聯合文學叢書也出版了沈從文的《從文自傳》，她愛這本書，這本書寫流浪的書籍瞬間影響了一代的青年，從閉鎖的環境出走，從保守壓抑苦悶的環境出走，讓整個社會有和大時代呼吸的胸襟。

雲門舞者大概都有一冊「從文自傳」，在他們走向世界的時候，在各個機場轉機候機的時刻，我都曾看到他們手中的《從文自傳》。

應該說，那是一個美好的年代嗎？那樣美好的年代可以持續多久呢？

彥明一直很弱，瘦小，總是咳嗽，一面談事情，一面咳，虛弱而頑強，我在想，許多作家被她打動，拚了命寫稿交稿，大概彥明虛弱而實際頑強地咳嗽有莫大貢獻吧！

擔任編輯工作多年，那樣工作的方式，她就病倒了，在台大醫院動手術，我去看她，覺得要講「閨蜜」該講的話了，我說：「彥明，辭職，出國。」

接任聯合文學總編輯工作一年後，不堪身心負荷，辭職飛往比利時，愛畫畫的彥明，申請了布魯塞爾皇家藝術學院修習油畫。

一九八八年春天，我就允諾到歐洲看她的約定，從吳哥窟轉曼谷直抵布魯塞爾。

從熱帶的東南亞上飛機，氣溫攝氏三十，完全忘了歐洲的三月可以有多冷。

我穿著短袖T恤，從寒風呼嘯的停機坪走進室內，一下子就風寒入侵，在她家足足躺了一星期，高燒，發冷顫，她和表嫂熬鱸魚湯給我喝，才慢慢復原。

「閨蜜」情誼，好想要這樣大病一場，連死在人家家裡都不介意，就眞的是「閨蜜」了。

在布魯塞爾度過了美好的假日，花開爛漫，也眞的爲彥明離開台北慶幸。

彥明的好處是從不談是非八卦。台灣小，華文文壇也小，彥明的工作，接觸全世界華文作家，她知道的八卦是非，可以寫好幾大冊吧。

文學畢竟不是八卦，年紀越大，越知道回憶裡只有八卦，只談是非，多麼可憐。

彥明對接觸到的人事物都有敬意善念，所以無是非，也無八卦。

「閨蜜」多事，就常想：這樣好人，應該有個好人家。

布魯塞爾彥明的家是個老房子，沒有衛浴，準備在地下室新作衛浴。這時候荷蘭讀博士的唐效每星期五晚上搭三小時火車來，利用周末幫忙整修，安裝浴盆、馬桶，粉刷，每星期日晚間，匆忙又趕回荷蘭。

唐效四川人，身體魁梧，據說大學是田徑選手，主攻投擲，學尖端物理，但頗愛文學，也親近佛學。

彥明說他們兩家上一代就有因緣，陰差陽錯，沒有成全，沒想到下一代會在歐洲又有緣相遇。

唐效沉默不多話，默默工作，把一個老房子整理得煥然一新。

好像這時候，「閨蜜」看在眼裡，又忍不住要說話。我說：「彥明，這個人你不嫁，這輩子也別結婚了吧……」

我還跟彥明去了阿姆斯特丹，在妓女群聚的紅燈區找到很便宜的旅館，房錢便宜，但是清早要跟牧師讀一段《聖經》，我們互看一眼，妓女在《聖經》裡原就有動人的故事，省錢，又讀《聖經》，出來瀏覽櫥窗女子，一舉三得。

我跟彥明上二手市場挑盤子、杯子，碗，不像是為了準備什麼，也許覺得台灣該拚命的事做過了，可以有一點自己安定的生活。以後幾年，凡是去歐洲，都會繞到荷蘭看彥明，那些盤子、杯子、碗已是他們家值得紀念的家當。

用她院子培植的菜蔬料理晚餐，每一片葉子，每一塊根莖彥明都細數家珍。這樣做出菜來不一定都好吃，但是她因此把「家珍」寫成書，有大家愛讀的《浮生悠悠》、《荷蘭牧歌》。

唐效畢業了，在尖端科技大公司工作，他帶我看雷射切割鑽石的複雜折射光，我第一次感覺到鑽石不只是價錢，原來一百多個切割面可以產生這麼美的光。

唐效欣賞彥明，從文章到畫到料理都欣賞，我想彥明是幸福的，我們共同擁有的副刊美好年代也是幸福的。

忠孝東路走九遍

紀念一個台灣最美好的年代和許多大大小小的天使

小野

獲得第二屆聯合報小說獎首獎之後，
我也有了「天使心」，
很想要回饋這個對我如此厚愛的文學界，
於是說服了當時出版我的三本書的文豪出版社老闆
謝去非先生，在1978年也辦了一個文豪小說獎，
用我的版稅當獎金，請來擔任聯合報小說獎的
朱炎教授等人來評審，不分名次，
不限名額，得獎人可以獲得5000元獎金
和金質獎章一枚……

D3 聯合副刊
聯合報
忠孝東路走九遍 小野
記念一個台灣最美好的年代和許多大大小小的天使
文學的漫漫長路
觀音山漫興3

那個時代給予我任性和撒野的可能

一九八九年初，剛滿三十七歲邁向三十八歲的我，莫名其妙的從工作八年的中央電影公司「退休」了。一切只因爲任性，臨時起意，沒有想到下一步要做什麼，離開的時候只得到一枝壞了的鋼筆當禮物，彷彿預告未來的世界用電腦寫作即可。我問和我一起離開的吳念眞說：「你得到的鋼筆可以寫字嗎？」「可以呀，而且好寫得很。」他開心的回答。

「退休」之後我常常在早上去師大籃球場打球，總會有年輕人好奇的詢問我的行業，他們會猜我是科技業的電子新貴。因爲據說只有這種人才會賺夠了錢，早早就退休享受人生。但我不是，我只是任性，後來才知道，是那個時代給予我任性和撒野的可能，我彷彿是一個偷走別人幸運的幸運兒，我的人生也像是一個童話故事，像是「木偶奇遇記」之類的。

在那個尚未流行「在家工作」的保守年代，用「中年轉業」來描述當時我的處境其實帶有諷刺意味，爸爸乾脆天天向朋友們哭訴說：「我的大兒子失業了。所以我不敢退休。」雖然當時我每個月都準時寄給他五千元，他仍然沒有安全感。他心目中只有上班領薪水才算是工作，才有退休金可領，人生才有保障。

那個時候一個公務員每個月的薪水大約也就是這樣，所以五千元不是一個小數目。（更重要的訊息是，那時候在永和買房子平均一坪也只要二萬元上下。）爲什麼我會付給爸爸剛好五千元呢？剛開始這筆錢是由聯合報直接寄到我爸爸的戶頭裡的，維持了五年之久。戰後嬰兒潮世代很能接受上一代給他們「養兒防老」的觀點。畢竟上一代經歷過戰亂的人，大多活在極度貧窮及恐慌狀態，加上兒女眾多食量驚人。而戰後嬰兒潮世代只要努力，也都有機會超越自己的父母，所以回饋是合理的。

那年聯合報的「特約撰述」合約

大約在二十六歲時，聯合報和我簽了一個「特約撰述」的合約，固定底薪每個月五千元，條件是每個月「至少」要「生產」一篇小說，發表後稿費另外計算，通常可以領到一萬元。這個合約還有一個很「簡單」就能達成的附帶條件，那就是不能投稿給中國時報。聽起來有點荒謬，但是如果了解當時那個兩大報副刊激烈競爭的輝煌年代，不得不佩服當初帶頭做出這個「絕殺」動作的聯合報副刊主編馬各先生。是他去說服報老闆王惕吾帶頭舉辦獎金豐厚的「聯合報小說獎」，同時也一口氣簽下一批當時才二十歲出頭的年輕作家。記憶中女生有蔣曉雲、朱天文、朱天心、蕭颯等，男生有吳念眞、丁亞民、李赫和我。（後來的主編瘂弦接手之後再簽下三毛和李昂。加強他手上的武器和彈藥，這是他親口說的。因爲這是一場聯合報和中國時報副刊的世紀大戰。）

後來才知道馬各會有這樣的念頭，是因爲他在向年輕作家催稿的時候，有人回答他說因爲需要工作賺錢養家，沒有多餘的時間寫作。他聽了非常心疼，覺得只因爲要工作賺錢而放棄寫作，眞是太對不起自己的天分和才華了，於是他就回答對方說：「那我來替你解決錢的問題吧。」所以他的初心還不「只是」想要和中國時報副刊「打仗」而已，更重要的，是他個人對小說創作和對文學的信仰。他本身就是一個作家，馬各先生本名是駱學良。他從小就胸懷大志，對創作充滿熱情，才十六歲時就自己找錢編印了他人生中的第一本刊物《絲絲》。出身軍旅的他後來的職業都和編輯有關，他也曾經和林海音女士合編《純文學》雜誌。（林海音也是一個大力提拔那個時代的年輕作家的聯合副刊主編，像是黃春明、鄭清文、七等生、林懷民等。）馬各在聯合報副刊這個位子上只做了一年，當時他只是暫時代理一年，等待從美國進修回來的瘂弦接手。或許正是「只有一年」，他才如此熱切的想做他眞正想要做的事。

後來大家所有熟知的台灣報業史上兩大報副刊的正面對決，激盪出如文藝復興般時代的主角是瘂弦和高信疆。但是只代理一年聯合報副刊主編的馬各，就在短短的時間內把「文學創作」這件事，用盡各種方式推上了神聖的殿堂，例如文學獎公布時，是用報紙的頭版頭條這樣醒目的方式來報導，得獎的人頗有一舉成名天下知的氣勢，中國時報在兩年後也跟進推出和聯合報有所區別的文學獎，多了像「報導文學」這樣的獎項，也培養了許多年輕作家，像是陳雨航、古蒙仁、林清玄、張大春等，後來才成爲我的好朋友。

偷偷報名第一屆聯合報小說獎，初審就被淘汰

這份條件優渥的合約改變了我未來的命運，除了逼我繼續寫了一些小說外，更像是一條絲，緊緊的牽引著我未來走向以創作維生，以創新爲志業的人生。如果沒有這份合約的催逼，我應該是不會繼續寫作的。我一直對於自己的寫作能力感到失望，尤其是讀著《書評書目》上的評論者譏諷我的作品很平庸的文章時。最大一次的「重創」便是服兵役的時候我寫了一篇小說〈冬薑〉偷

偷的報名一九七六年第一屆聯合報小說獎，在初審就被淘汰了。「偷偷」是因爲怕別人知道，自尊心過強的我不能夠接受失敗的。尤其是後來公布結果首獎從缺，但是二獎得主竟然「只是」一個建國中學的十七歲學生丁亞民，其他的得主有不少來自「三三集刊」的作家們。那一刻我的自卑感完全淹沒了我，我想我已經被「更下一代」的人淘汰了。雖然那時候我已經出版了兩本小說集《蛹之生》、《試管蜘蛛》和一本散文集《生煙井》，每本都很暢銷，可是對一個自卑的人來說，「暢銷」等於「通俗」，表示不夠「純文學」。（多年後張大春告訴我，他也參加了那次轟動全國的比賽，也是被淘汰了。後來他成了中國時報副刊的特約撰述。）

在第一屆聯合報小說比賽初選就被淘汰之後的我，正好完成兩年的預備軍官役，應徵上了陽明大學的前身陽明醫學院當助教兼研究員，也計畫在兩年後出國去深造，攻讀博士學位。我終於接受自己不是寫作的料，應該乖乖循著生物系畢業生的出路就對了。但是，就在這個關鍵時候馬各找上了我，表示要和我簽約，我毫不猶豫的答應了，我想這樣的條件不會有人拒絕的，至於要寫什麼，那就再說吧，於是馬各成了我生命中的「大天使」。

〈封殺〉獲得第二屆聯合報小說獎首獎

一九七七年八月一日颱風過境，使我延遲了一天爬上榮民總醫院的後山剛剛才成立兩年的國立陽明醫學院（後來的陽明大學，現在的陽交大學）開始了我更奇幻的人生。在忙碌的教學和研究工作中，我利用晚上熬夜寫作，擠出了一些小說作品，像是〈山在虛無縹緲間〉、〈老奶奶在婚禮〉、〈封殺〉、〈再叫一聲爸〉、〈藍哥的鷹勾鼻〉等，爲了不要辜負馬各的這份合約，自卑的我開始大量閱讀小說理論，筆記本上寫滿了英文的專有名詞，思考如何把「通俗」變得「純」一點。

有一天接到馬各的一通電話：「你那篇〈封殺〉進步很多，我替你報名第二屆的聯合報小說獎，好嗎？」「好呀。」我雖然答應了，但是已經有被淘汰的準備。又隔了一段時間，辦公室的電話再度響起，在聯合報任職的舅舅黃仁向我透露了一個好消息：「你的小說得到小說獎的首獎。」「怎麼可能？你會不會弄錯了？」我完全不相信，因爲我這個舅舅一向糊塗，加上我對自己的寫作完全沒有信心。「沒有錯，我親眼看到了名單。〈封殺〉，對吧？」舅舅再說一次：「恭喜恭喜。有五萬元獎金。」有一天我無意間發現在獲知得獎

1986年，本名李遠的小野獲金馬獎最佳原著劇本獎。

1984年，吳念真獲金馬獎最佳劇情片原著劇本獎。

當天的日記上竟然這樣寫著：「我從實驗室走出去，在走廊上面對彤雲密布的天空大喊著，爸爸我終於替你復仇了！」我眞的完全不認識二十六歲的自己，那時候的自己到底是怎麼了？我的內心深處到底積了多少的委屈甚至仇恨？更重要的是，我到底爲什麼寫作？我對文學有沒有熱情？

第二天的聯合報果然又是頭版頭條的報導小說獎的評審結果，記得當時任職聯合報記者的作家桂文亞用「三冠王」這樣推崇的標題來報導我得到首獎的新聞，因為在這個獎之前我已經得到另外兩個和文學有關的獎。得到這個天上掉下來的大獎後，我用發抖的手捧著報紙，仔細讀著評審委員們的評審過程和意見，印象中投票支持我得首獎的評審大約有三或四位，記憶中好像是姚一葦、丁樹南、孟瑤等，理由大約是作品最符合短篇小說的結構、戲劇、隱喻或是揭露棒球賭博內幕之類的，不太贊成的是朱炎，強烈反對的是最推崇張愛玲的夏志清教授，他提出的理由是缺少了「掩隱之美」，後來我明白了他的意思，就是文學作品的「曖昧容忍度」（tolerance for ambiguity）。後來我在分析台灣新電影的文學性時，也學會用了這個屬於文學批評的名詞，可見得我對於別人的批評是如何「耿耿於懷」了。不過這個批評對我日後的寫作幫助很大，其實我的內心是充滿感謝的。當然，我更感謝當時投我一票的人。得到首獎之後我也有了「天使心」，很想要回饋這個對我如此厚愛的文學界，於是說服了當時出版我的三本書的文豪出版社老闆謝去非先生，在一九七八年也辦了一個文豪小說獎，用我的版稅當獎金，請來擔任聯合報小說獎的朱炎教授等人來評審，不分名次，不限名額，得獎人可以獲得五千元獎金和金質獎章一枚。記得當時文豪出版社還出版了一本小說選集叫「一九八〇」，書名的意思就是被挑選上的年輕作家會在一九八〇年發光發熱，頗有先替未來的文壇做了趨勢觀察。

馬各：我當初的決定太值得了！

天哪，多麼遙遠的一九八〇？是大部分人的歷史，竟然是我們這些當時未滿三十歲的年輕作家的未來！但是後來呢？一九八〇又發生了什麼事情呢？在馬各挑選的八位年輕特約撰述中，有四個人投身了電影界，參與了台灣新電影浪潮，有一個人成爲電視界的名編劇，有寫不完的電視劇本。還有一個人最傳奇，她在文壇瞬間蒸發，沒有任何消息。後來才知道她去了美國完全改了行，也停止了創作。直到她退休之後返回台灣，重新開始有計畫的寫小說「國民素人誌」，要爲一九四九年來台灣，但是沒有眷村做蔽護的「另一種外省族群」留下最後的痕跡。她的文筆依舊細緻老練又世故，我去書店買了她後來寫的《桃花井》和重新出版的《掉傘天》，買回自己最懷念的那段青春記憶。記得我得首獎的那場聯合報小說比賽中，夏志清教授認爲她寫的〈樂山行〉才應該是首獎。她是蔣曉雲。她正是當年馬各打電話向她催稿後，最後做出要替大家解決「錢」的問題的關鍵人物。

多年以後吳念眞和我去永和探望馬各，那時候他的身體不太好，他勉強起來和我們聊起當年的一些事情，當然也包括「撰述委員」的故事，吳念眞和我向他深深一鞠躬，是感恩，更多的是道歉：「我們都辜負你的信任和栽培了，因爲我們都沒有爲寫作而辭職，也沒有再寫小說了。」可不是嗎？有了特約撰述五千元的底薪，吳念眞並沒有辭去台北市立療養院圖書館的工作，我也去了陽明醫學院的工作，後來我們前後進了中央電視公司，把最珍貴的青春歲月留給了電影。可是，馬各卻笑著安慰我們說：「我當初的決定太値得了，換來你們一直堅守創作沒有放棄，從文學到電影、戲劇，你們做的比我想像的多太多啦，我眞的很安慰，當初沒有看走眼。」「是嗎？」吳念眞笑了起來：「後來我的確放棄了去銀行當一輩子會計的夢想。」「是啊，後來我出國繞了一大圈，也放棄了走生物科學這條路。」我立刻跟進，像是兩個要爭寵的孩子。「哈哈。可能是我害了你們，放棄賺更多錢的機會。」馬各也笑了起來，看得出來，他是眞的有點得意當年說服老闆做出的慷慨決定。

那次千禧年後的拜訪是我們最後一次見到馬各。那天我們天南地北的聊著所有我們共同走過的時光。像是這些文藝青年在參加了我的婚禮後，意猶未盡一起去了馬各家喝酒抽菸聊天，早已戒菸的馬各永遠把菸放在耳朵上聊著他的釣魚經。後來大夥離開時，吳念眞發現他爲了參加我的婚禮才買的新皮鞋竟然被偷走了，只好向馬各借了一雙鞋離開。那段大家透過文學創作才互相認識交往的青澀歲月，成就了後來彼此漫長的友誼，甚至共事的機緣，都是因爲我們有了一個共同的大天使馬各。

吳念眞最常說的，也最能傳神表達馬各性格的一件事，就是當年沒沒無名的他，到處投稿都被退回。後來寫了一篇〈抓住一個春天〉寄到聯合報副刊，很快就收到了馬各三個字的回應：「繼續寫。」不久，六天後這篇就被印成鉛字登在聯合報的副刊上，稿費和他一個月的薪水一樣多。我記得吳念眞每次提到這件事，都會抽一口菸，搖搖頭，無限懷念又感激的說：「繼續寫。就三個字。不多不少，不囉嗦。這就是馬各。」沒錯，這就是馬各，他抓住了每一個他認爲有潛力的年輕人。他的生活簡單沒有應酬，每天抱著一大堆看不完的稿子回家繼續看，晚婚的他總是想要擠出時間來陪伴妻子和兩個孩子冀耕和冀野。他疼愛家人，也疼愛素昧平生的我們，只因爲他對文學的信仰。

回想起來那份合約給我們的眞的不止是實質上的金錢，而是一種對創作的信念，對文學的信仰，覺得創作是一件人生最重要的事。哪怕是像蔣曉雲這樣完全中止了寫作去了美國改了行，最終退休返回台灣，仍然念念不忘她曾經最擅長的寫作。她彷彿延長了履行那份合約的時間，但是，只要最後記得交出一篇又一篇的好作品，相信在天堂的馬各也會欣慰的笑著說：「我就知道你不會放棄的，千萬不要辜負自己的天分和才華了。」

百花怒放生命勃發思想狂飆的年代

一九八〇年吳念眞和我先後進了中央電影公司，決定大量改編文學作品成爲電影，讓許多純文學作品可以因爲改編成電影後，引起更多人關注作家和文學。後來整個電影界在八〇年代忽然也炒起文學改編電影的風潮，使得許多作家的作品也跟著再一次重現江湖。像是黃春明、王禎和、七等生、白先勇、張愛玲、蕭颯、蘇偉貞、蕭麗紅等。記得有一次我代表中央電影公司向一位被這股風潮帶著起來的作家購買一本小說的版權，我的老闆爲了搶到這本小說願意出高價，最後以一百萬成交。我拿著一百萬的支票交給對方時，內心充滿了喜悅，那是一種當天使的快樂，也是一種對文學作品表示敬意的心情。我會一直記得自己曾經有過的幸運，也希望我自己可以扮演給別人幸運的人。

去年在一場紀念台灣民主運動的新書發表會上，一些著名的政治人物齊聚一堂，暢談他們這一路走來的艱辛。新書的作者吳乃德在新書上寫了這樣一段像是下結論的話：「在那個最好的時刻中，台灣人集體展現了人類心中『善良天使』的那一面：同情、正義和勇氣。那個時代之所以是最好的時刻，因為許多人有著共同的價值，也願意為這些價值付出。」他清楚明白的標示了那個台灣最美好的年代是一九七七到一九八七，也就是台灣宣布解除戒嚴的前十年，一個百花怒放生命勃發思想狂飆的年代。從雲門舞集、蘭陵劇坊、校園民歌、鄉土文學論戰到台灣新電影浪潮，最後匯流到另一個最大的浪潮：民主運動。我看著他所指出的年代，一九七七年不就是我退伍後扛著行李去陽明醫學院報到的日子，也是我開始認真從事文學和電影工作的十年青春歲月？而一九八七不就是我已經準備退休回家的時間？

當台灣最美好的十年之後，我任性的退了休，或許我已經預知未來的人生再也不會出現如此美好的經驗了。和這十年比起來，後來漫長的人生似乎無足輕重可有可無？這樣說來真的有點悲傷，倒不是不喜歡自由民主的時代來臨，反而是渴望太多期待太高，發現迎接來的只是一個像是「選舉萬歲」的喧囂虛幻的時代。一次次的幻滅雖然也算是一種成長，只是距離原來對新世界新天地的嚮往越來越遠。「退休」之後也曾經恢復上班，每次上班都沒有超過兩年，每次的經驗都是落荒而逃。原本游刃有餘的人生漸漸變成有點狼狽的人生，因爲再也沒有那麼多的天使會陪伴我，更多的是無所不在的大大小小的魔鬼。原來人世間最美好的仗早就打完了。終於相信，眞正的革命家是把革命當成品味和信仰，而大部分追隨者也只是藉由革命獲得自己的權力、利益和名聲而已。可惜當我了解這些之後，人生所剩的時間已經不多了。

那時候我們的話題都是文學和電影

九十年代之後的台灣，彷彿只用幾個政治上的名詞來解釋它的發展就夠了。像是野百合運動、本土化運動、政黨輪替、百萬紅衫軍、洪仲丘事件、太陽花運動、白色力量，這些原本充滿爆發力的運動，瞬間摧枯拉朽的發生，像是一場又一場虛幻詐術的魔術表演，在眼花撩亂之餘，除了政治權力版圖的重組、利益重新分配之外，對大多數的人來說，彷彿什麼也沒有發生，除了中產階級消失，貧富差距擴大，大多數人更自由，但更艱辛的活著。

在一次很偶然的餐聚場合，面對一整桌意氣風發都在檯面上的不同世代的

忠孝東路車水馬龍，舊聯合報大樓燈光輝煌。（圖／報系資料照片）

政治人物，大概爲了找到比較適合我的話題，忽然聊起上個世紀八十年代台灣的文學和電影。其中一位和我同一個世代的朋友說：「原來以爲只是發生在台灣文化界的，甚至有點邊緣的小小改變，現在回頭看看，簡直像是日本明治維新，甚至德國威瑪共和正要發生時的氣氛，預告了一個新時代的來臨。」另外一位朋友接著說：「是啊，那個時候我們的話題全都是文學和電影，眞的是一個最美好的年代。」我只能笑著說：「是嗎？好像是耶。哈哈。」

動力火車有一首歌〈忠孝東路走九遍〉，有一段歌詞是這樣的：「哦忠孝東路走九遍，腳底下踏的曾經你我的點點，我從日走到夜，心從灰跳到黑。我多想跳上車子離開傷心的台北……」因爲工作的關係，這些年我常常去位於國父紀念館附近的松菸文創，從忠孝東路553巷進去是松菸的綠帶，隔壁的555號是聯合報大樓，當年只是一幢方方正正的大樓。一九八〇年我從美國返回台灣後，副刊主編瘂弦先生邀我去副刊工作，我用兼差的方式協助他編副刊，他希望我能正式上班，我婉拒了他的好意，因爲我想要寫電影劇本，後來我進了中央電影公司。如果當初我答應了瘂弦，我也許就會一直留在聯合報做到退休了。

其實在馬各之前我也遇到了一個當時沒有見過面的聯副主編平鑫濤先生。當我寫的稿子因爲「太灰暗」的理由被新上任的中央日報副刊主編退回後，我轉投聯合報副刊，平先生立刻採用，那是我脫離在中央日報副刊發表文章的關鍵時刻。那篇是控訴台灣教育制度會殺死人的〈斜塔與蜻蜓〉，也是我改變寫作風格的開始。九十年代之後我有許多親子散文和所有的童話創作都交給平鑫濤的皇冠出版社出版，一切也都是從那一個寫作風格轉換，他願意接納我的機緣開始，他也是我生命中另一個大天使。

後來我在電影工作時常常得到聯合報和民生報影劇版編輯和記者的全力支持。甚至在民生報初創時，當時的總編輯陳啓家先生找我負責一個半版的電影評論版面，由我找來許多年輕的評論者像黃建業、李道明、劉森堯等談電影。在台灣新電影時期有一個記者楊士琪，她在短短的九個月聯合報影劇版記者生涯中，因爲力挺當時被打壓的台灣新電影運動，成爲我們心中永遠的好朋友。事隔三、四十年後，我們仍然用一個「楊士琪紀念獎」來懷念她。這是台灣歷史上唯一一個冠上人名的電影獎。

忠孝東路走九遍，走十遍，走一百遍，一千遍都不嫌多。忠孝東路555號的大樓依舊在，只是變得太高太大，很陌生。但是，每當我走過那裡時，總是忍不住要抬頭仰望大樓上的天空，因爲天空上有很多很多的大小天使，他們一直都在，一直都在。當我仰望著天空，只記得那三個字：「繼續寫」。是的。繼續寫。除此之外，我也不知道人生還有什麼一定要做的事情。那份從天而降的「聯合報特約撰述」的合約對我而言，一直寫到人生的盡頭都是有效的。

謝謝你們，大小天使，還有，聯合報。

燈火通明那棟樓

我的《聯副》歲月

陳義芝

以《劍河倒影》風靡讀者的陳之藩，
有一回在南海路藝術館演講，場子擠爆了，
走道都坐滿了人，
陳之藩要入場還得請聽眾讓路，聽眾回瞪他：
「讓什麼路！我們排隊排了半天。」
陳之藩笑道：「你不讓路，
今天的演講沒法子開始。」……

D3 聯合副刊

燈火通明那棟樓 陳義芝

我的《聯副》歲月

以《劍河倒影》風靡讀者的陳之藩，
有一回在南海路藝術館演講，場子擠爆了，
走道都坐滿了人，
陳之藩要入場還得請聽眾讓路，聽眾回瞪他：
「讓什麼路！我們排隊排了半天。」
陳之藩笑道：「你不讓路，
今天的演講沒法子開始。」……

預約下一場緣會

1

一九八一年初受邀參與《聯副三十年文學大系》編輯，春節前，痖弦召集成員說明他的宏圖，主張將《聯合副刊》累積的成果，整理出版。春節後開工，我參加現代詩與散文的編選，每天傍晚從仁愛路、敦化南路口的私立復興中學趕到忠孝東路、基隆路口的聯合報，搬出一大落舊報，一天天翻閱，一篇篇細讀，進出那棟夜裡燈火通明的大樓，歷時大半年。

其後，又代理《聯副》專任編輯馮曼倫的班，她留職停薪三個月趕寫碩士論文。代班期滿，痖弦把我簽成了正式編輯，他訓練我訪問作家、審稿、改稿、清版及寫編按，也帶我參加一些作家飯局，見世面。參加飯局，除領受文人杯觥交錯間的機鋒，作爲一個新進編輯，倒茶、斟酒、即席快訪，也是分內之事。一九八〇年代我署名或不署名的快筆短訪有數十篇之多。

2

投稿《聯副》，並不自痖弦主編始，一九七〇年代前半，平鑫濤主編與馬各主編各刊發過我兩篇散文、兩首詩。認識痖弦是在一九七二年復興文藝營，雖偶爾也投稿他主編的《幼獅文藝》，關係仍是疏離的，直到一九七八年春末突接他來信，邀我爲《聯副》寫「新聞詩」。他給了我家中電話，當年聯絡的情景我已不記得，但隨後在《聯副》發表的〈巨變〉，就是一首新聞詩。「新聞詩」的欄目持續多年，之後，我還有〈雨中國旗〉、〈龍城飛將〉、〈四川水患〉、〈蜂螯之愛恨〉、〈爆炸〉……等。寫新聞詩不一定要搬出「文章合爲時而著，歌詩合爲事而作」的大道理，我欣然受命，是因詩就在日用倫常之間，無事無物不可入詩。一九八三年九月寫趙士強在漢城台日棒球對戰，揮出再見全壘打，取得奧運表演資格的〈龍城飛將〉，構思情景最緊迫，距離降版時間不到三小時，我因爲也關切那場球賽，所以當九局下半中華隊以一：〇力克日本，情緒升至最高點，「看！風雷隱隱那一棒又神又狠／向最遠的一點驃悍如疾／向三百二十八呎外拓土封疆……再見那如將軍令的一支全壘打」，彷彿自然生成於筆下。當年總編輯趙玉明還特地來《聯副》辦公室嘉勉。那是紙本媒體的盛世，一篇詩文天下知的年代。

3

初任《聯副》編輯，心情並不篤定，一度還想落跑，想轉去師大附中任教，也去見了黃振球校長，說好暑假開始就辭去《聯副》。但當我想把這決定告訴瘂弦，卻碰上他嗓子失聲，多日不便溝通，一拖三拖，似乎自己又回心轉意，終於決定在報社待了下來。從一個鄉下青年、生活單純的國文老師，一朝來到文化的京華碼頭，天天送往迎來、畢恭畢敬地向名家噓寒問暖，還要看一堆又一堆蜂擁而來的稿件，上班至深夜，初期難免不適應，懷著寫作的惘然生出好幾首「編輯人手記」的詩，例如〈夜市行走〉擔心「我的詩眼卻遭不明物刺瞎／心中殘存的意象唯是／無力流閃的霓虹及／酸腐攪和著半生不熟的嘔吐物」；例如〈濫調審視〉「很多作品從四面八方湧至／我以狩獵的目光細細翻讀／感覺他們像秋天蟲嚙的敗葉」。工作的安慰則因有前賢典範，許多新文學名家都編過文學刊物，魯迅、徐志摩、賴和、楊逵、沈從文、巴金……，或專職或兼職，包括我景仰的、開創新詩的胡適，「編輯人手記」系列第一首就是〈致胡適〉：「總是有一點空白，像未完成的時間一樣／等著誰去不朽／等我，在您題詩的卡片下方／加註或寫三百字編按」。

寫編按，瘂弦是高手，《聯副三十年文學大系史料卷．風雲三十年》，收錄五十幾則編按，關涉的課題有科幻小說、啄木鳥專欄、作家明信片、五四運動、民俗才藝、武俠小說、抗戰文學、極短篇、高中聯考作文、軍中作家、光復前台灣文學、現代戲劇、中國文化的斷續……，表達的理念，是可與文章內容相印證的「文學概論」。

一九八〇年代先我接續瘂弦寫編按的是吳繼文，偶爾由馮曼倫執筆，然後才由我完全接手。編按揭示專題旨趣，展現編輯想傳播的意涵。上一世紀，副刊多編按，因肩負有大眾啓蒙的功能。我在十幾年寫編按的過程中，深感編輯需要掌握認知的領域還眞不少，有時偷懶寫得短，不似瘂弦那樣鏗鏘堂皇。爲「散文果盤」特輯寫的編按，以分行詩的體式出現倒是極特別，其中一節藉不同水果呈現創作原理：「誰知道石榴炸裂／火紅的心究竟是歡愉或痛楚？／誰了解大刀切瓜／走勢到底的快意淋漓？／水梨層層剝示她的美學／所有的果子也都要這樣／完全獻出自己」。

4

一九八四年底，瘂弦創刊了《聯合文學》，海內外事務更忙。一年後他預備簽呈一個「副刊組副主任」的頭銜給我，讓我邀稿、收稿，與作家及學人直接聯繫。也替我向許多人宣告，「有事可以找陳義芝」，所以時常會接到作家來信：

「希望此三篇快快登出……」

「昨日電話甚慰，請轉告弦先生……」

「想這篇稿已交你處理，麻煩代改一個字……」

「你覺得〈樹〉怎麼樣？我在試驗一種抽象透明的詩，想向繪畫挑戰……」

「謝謝您的鼎力協助，使《胡蝶回憶錄》得以和讀者見面……」

「想麻煩你一件事，不知可不可以？很想知道西西的香港地址……」

那時，洪素麗在寫自然生態的文章，她問的三篇是〈海岸線〉、〈河口沼地〉、〈鮭魚洄游〉。無名氏（卜乃夫）開了一份結婚柬邀的名單，要我替他探詢受邀者是否光臨。洛夫要改的字是〈邊陲人的獨白〉詩，「一根白髮」改爲「一根斷髮」，他指點我，白髮只暗示時間或生命的消逝，斷髮則暗示兩岸人與人、文化與文化的斷裂，含義更豐更切，而且白髮意象有點俗。〈樹〉是楊牧的詩，我不知當年我的讀後感如何，於今總覽他的詩作，確知他是試驗有成、開拓有功的一位大詩人。《胡蝶回憶錄》是民國第一美女、電影皇后胡蝶的口述傳記，由旅居加拿大的劉慧琴整理成書，《聯副》刊登後我轉交聯經出版公司出版。「胡蝶女士一再囑我向您轉達深切謝意」，劉慧琴信上說。我不具電影史識，也不慣向人索簽名，並未與這位曾經令戴笠為之癡迷的明星直接聯絡。詢問西西地址的是筆風揶揄諷刺、笑淚交織的小說家王禎和，他覺得台灣的英文書籍市場是個大沙漠，想託西西在香港買書。一九八八年《聯副》曾有發表文人書信的構想，我向王禎和邀稿，他知我生在花蓮，回一短信以「同鄉兄」稱呼（上一代作家多能順手拈來謙和親切、令人鼓舞的詞語），他說：「很不幸」，與我通信的文老，都還快樂地在人間行走漫步。恐怕得待好幾年好幾年以後才能提供信件。

很不幸，兩年後這位傑出小說家竟先行辭世了。瘂弦指派我前去王府致哀，並從其夫人林碧燕女士取得王禎和遺作發表。

5

回想一九八〇年代，文學媒體對作家極其敬重，既珍視作家筆耕心血，更照顧作家寫作環境。以創辦人王惕吾的《聯合報》來說，即提供高陽住所、幫他還債，使其安心創作歷史小說；資助三毛壯遊中南美洲十二國，返台舉行環島演講，出版《萬水千山走遍》，也是佳話。繫連一九七〇年代馬各主編《聯副》，為青年小說家設立按月支薪的「特約撰述」制度，紙本媒體確實有過呼風喚雨的漢唐氣象。

三毛的演講、陳之藩的演講、牟宗三的演講，總是人山人海。我聽牟先生的口音、用字，已覺吃力，實不知那麼多聽眾怎會有動力趕到會場，聆聽嚴肅深沉、沒有任何輕鬆笑談的內容，一聽兩個鐘頭。一回，牟宗三又來到聯合報九樓演講，孫運璿院長坐台下當聽眾，社方請他在演講前講幾句話，他再三推辭，只願意和其他聽眾一樣，當聽課的學生。那個時代眞有一些人讓我見識到風範。

我說的風範人物，都是更老一輩的文人，例如葉公超、梁實秋、臺靜農、黃得時、水蔭萍。我有幸見過，或在醫院，或在飯局，偶也有登堂入室的機緣卻未把握，只匆匆照面，事前沒有準備有意義的問題請教，事後也沒有留下筆記，甚為可惜。

三毛中南美洲旅行歸來，《聯副》在國父紀念館舉行她的演講。下午兩點的活動，十點左右聽眾已頂著夏天的太陽，開始排隊等入場。隊伍繞國父紀念館一大圈，未得入場者有人失望得哭了，有人中暑昏倒送醫。那是渴求文學，以文人為偶像的年代。我聽瘂弦說，以《劍河倒影》風靡讀者的陳之藩，有一回在南海路藝術館演講，場子擠爆了，走道都坐滿了人，陳之藩要入場還得請聽眾讓路，聽眾回瞪他：「讓什麼路！我們排隊排了半天。」陳之藩笑道：「你不讓路，今天的演講沒法子開始。」

解嚴之初羅智成曾構想成立「文化創造研究會」，希望從思考、感覺、生活、理念各個角度來激發這個社會。我的記事簿中夾有一張「創始會員初擬名單」，大夥開過一次籌備會，我見到石靜文、羅曼菲、夏宇等人。可惜解嚴後，社會運轉劇烈，文化沒有太積極的創造，羅智成試圖設計更清明的理性訓練、更富反省的人格特質、更好的感性審美品質的希望，在俗文化聲勢大潮中，化作令人懷思的冒號。

6

一九九〇年代《聯副》的重要紀事，是創刊《讀書人》，及舉辦一系列學術研討會。企畫專題的舉措當然持續進行，例如一九九一年〈南京仍在否？〉、〈上海仍在否？〉、〈重慶仍在否？〉、〈濟南仍在否？〉的座談，瘂弦更率隊直接開拔到廣州，約晤來自中國各省的十位作家（吳祖光、汪曾祺、白樺、李銳、舒婷……）。

聯副卅年文學大系

1981年5月17日《聯副》。《聯副》在民國70年9月編竣的「聯副三十年文學大系」，是中文報業史上劃時代的一項巨大工程。（圖／聯合報新聞資料庫）

台灣文學第一份書單

1999年2月3日《聯副》，「台灣文學經典研討會」選出台灣文學第一份書單。（圖／聯合報新聞資料庫）

《讀書人》版創刊於一九九二年四月十六日。三月三日我受命兼編，版面不大、彩色印刷，經一個半月籌畫，試作了好多個版，不斷開會，接受編輯部多位主管的質疑、建議；會後則聯絡朋友，設計欄目、議題，希望讀者了解古今圖書掌故，陶養人文情志、拓展知識視野；也辦高中國文座談，也邀大專生成立讀書社團，那時爲了催生，作夢都夢到在改版。我深知文字內容不如眞實影像吸睛，所以從一開始就有對學者大師的攝影採訪，吳大猷、王夢鷗、蘇雪林、楊雲萍、齊邦媛……都入了鏡。大多由攝影家梁正居掌鏡，偶爾我自行客串；台南成大訪蘇雪林，即不便麻煩梁正居。

蘇雪林與徐志摩同年生，這一年已高齡九十五歲，我事先寫了信去，當天按門鈴多時，門內卻闃寂無回響，只聽得鄰居守門犬吠聲起起落落。待留一便條紙於其信箱，欲離去時，突聽門內有了動靜，接著是開門聲，一位老太太持四腳鋁製助行器緩步出來。眞不簡單！一人獨居，體能狀況如此好，意志力如此堅強。老來個頭嬌小，我可以抱動她；她坐在院子草地，喉嚨上了痰即撕一角紙擦拭嘴。照相前她要我幫她扣上領口第一個釦子，我趴伏草地仰見她正襟危坐，按下快門同時，腦海也深印了這位民國才女的形象。

《讀書人》版獲得那一年出版資訊金鼎獎，我在延吉街巷內一家小館宴請同仁，特別謝謝幫忙供稿的作家蘇偉貞和簡媜，及編譯中心的黃裕美。酒酣耳熱，結果是總編輯胡立台埋了單。胡總一度也出任《香港聯合報》社長及總編輯，在香港我也有緣與他相見，一同歡聚的還有時任《聯合報》香港新聞中心主任的薛興國。

7

一九九〇年代，《聯副》廣邀學人撰稿，讓學界與創作界人士齊聚於副刊。我的年曆記事本寫滿各大學各科系教授名字，包括中研院學者，也包括香港中文大學及北美幾位。當年副刊主辦的作家活動十分熱烈，難以想像還曾邀

讀書人

出版趨新潮

吳大猷

食字獸之夢

國際閱讀快訊

《讀書人》創刊號

幾十位作家乘軍艦出航，「天地如覆碗，／是誰在水深處施放聲納？／是命運滾動的骰子嗎？／滴瀝瀝埋藏著暗碼……」這幾行詩就是當年與汪啓疆、劉克襄等乘坐驅逐艦的興發，艦體如一頭巨鯨，聲納傳來嗞嗞的聲音，像從深海傳來的召喚。

《滾滾紅塵》電影（三毛編劇）紅遍半邊天之際，三毛選擇離世。那年的記事本不見了，不知當時有何感懷，但我找到一九八六年她從加納利群島寄給我的一張卡片：「島上的海邊夜晚就是這個樣子。看見這一張，忍不住買下來寄給你。不想回來，爲了父母年高，十月仍是回來的……」早幾年，她邀我一起爲六十張攝影家的作品各寫一則短文，說明稿酬極優。我因時間壓迫，一時未承接；她一度想從我的散文集摘段，沒成，又來信力勸我「照片仍是要寫，共六十張……」。那封信同時透露：「這一陣劇烈背痛，痛到夜間不能睡，什麼都試了，針灸、腳底按摩、指壓、吃鈣片，可是它像魔鬼一樣抽緊我的右肩，寫字很痛很苦，可是只有習慣這個痛。」她是一個極度敏感、神經質的人，我去過她健康路的居所，聽她講「故事」聽得不安，她太深情、太多幻影，細節描述使任何人都會陷入似幻如眞的境地。

我想，她的離世既與生理病痛有關，也可能導因於深層心理的負荷。

8

一九九六年我留職停薪三個月，送小孩到加拿大，一個念初中，一個要升大學。時任社長的張作錦問我會不會移民，我說不會，只是爲小孩求學。翌年，他邀集副刊同仁主持我晉升主任的布達茶會。他與劉昌平副董事長都是重視副刊、尊重文人的長官。

張作錦那枝筆，從「感時篇」的專欄到現今的「今文觀止」，一直未擱下。他以深具史識的素養、新聞記者的膽識眼光，關懷時政，探究社會眞象，盡了知識分子的言責。

另一位我尊敬的長官，是我出生那年出任《聯合報》總編輯的劉昌平——後來的社長、發行人、副董事長。我多次接到他的便條手示，關切副刊編務，關心我有些詩爲何不登在自己編的副刊；讀到好文章，他也不吝分享、讚許；他有老派作風，常叮囑我歲末要帶禮物去探望老作家。

二〇〇七年我轉往臺師大任教，他送我《老子》、《莊子》等典籍，期許我教學順利，最讓我難忘的是，他說如果不喜歡那個環境，還是可以回來報社工作。這句話一直熨貼我心，試想在一個爭搶位子、回不了頭的時代，誰會給你這樣的「承諾」！他始終當我是報社一員，以最動人的叮囑。

二〇一二年冬，我參加「星雲文學獎與新聞獎」的頒獎典禮，很高興又見到昌老，他是那一年新聞傳播終身成就獎獲獎人。我會參加則是替住溫哥華的瘂弦前去領文學貢獻獎。大會除推許劉昌平的新聞事功，也以「應對平和，操持堅定，溫潤如玉，均衡如秤」讚美他是人品清正的君子。我敬愛的這位君子，前幾年過世了。我未親臨喪祭場合，深覺生則安命、死則任化，遙遙追思就好。

文人辦報的時代，我個人感覺，衰微於創辦人王惕吾逝世，終結於劉昌平永別。

9

二十一世紀是企業家才能辦報的時代了，光靠報紙銷售已不足以營運。處境艱困，如何支持營運？報社須有體制結構的改造，複合式經營的新策略；作爲副刊主編，我的應對是承辦異業合作的文學獎：幾乎同時與台積電文教基金會辦台積電青年學生文學獎，與世界宗教博物館辦宗教文學獎，與懷恩慈善基金會辦懷恩文學獎，發揮了影響也增加了收入。

聲光媒體五花八門現身的電子時代，新傳媒壓縮了閱報人口，後現代社會的娛樂傾向更日益侵噬讀者的口味，這是紙媒最大的挑戰。文學應該淺化還是深化？應該迎合還是抵拒？有什麼辦法爲文學閱讀續命？——既不能自我窄化，則以副刊仍具備的大眾傳播力，結合學術菁英思維，在跨世紀之際（1997-2004），舉辦一連串嘉年華式的學術研討會，就成了我主編時期的要項。期間約有九次大會，包括「世界中文報紙副刊學術研討會」（1997年1月）、「台灣現代小說史研討會」（1997年12月）、「台灣文學經典研討會」（1999年3月）、「白先勇名著《孽子》研討會」（2003年3月）、「台灣新文學發展重大事件學術研討會」（2004年11月）。跨越學院門牆，論文不只是給學者看，更給廣大文學讀者看。各研討會後的論文集，於今看來其質量仍擲地有聲。研討會議題引發的爭議，不論是文化意識或文學認知，也都有教育反思意義。

最具話題爭議的一次是「台灣文學經典研討會」，只選三十本當然不能滿足各據山頭的人馬，有人抓住「台灣」批評選出的書不台灣，有人抓住「經典」說選出的書不經典。立法委員在國會殿堂質詢，電視台開出談話節目討論，成爲世紀末轟動的社會新聞。眞如陳芳明所說：「從前，『台灣』是一種高度的『政治禁忌』，如今則又變成另一種高度的『政治正確』。」我不上胡婉玲的節目，唯恐在語言交鋒中難以呈現事實。我希望有意見的人，能了解評選過程已力求嚴謹：先大量開出書單，再由七位決審委員補充推薦，接著圈出一百五十三本參加票選，受邀的九十一位票選委員絕大多數是在大學教授現代文學相關課程的人，回收六十七份問卷，經統計選定五十四本書進入決選；一九九九年元旦召開決選會，經反覆討論、投票而產生了第一份「台灣文學經典」書單。評選方式、會議紀錄都收在聯經出版的《台灣文學經典研討會論文集》中。

10

告別了輝煌喧囂的副刊工作，繁華落盡，我去到臺師大，新結識的朋友胡衍南調侃我從前「相交朋友極多，相知朋友不少，相信的朋友——在離開聯合報、進入師大之後愈來愈少。……開始習慣被路人批判、被徒弟退稿、被朋友欺負的平凡日子。」

當時還在香港中文大學任教的陳之藩寄了〈賀陳義芝改跑道記〉一文。說「如果新主編宇文正肯登聯副的話」，就「用不著你自己通知各方友好」。文中說：「你回學校教書是入了我們這一行，就是你不再每日接觸稿件，而是接觸活人，而且每年的學生都是同樣年輕，同樣美麗，同樣有趣，同樣活潑，最大的報酬並非薪水，而是你眼前總是年輕面孔，而忘了自己的年紀。因不每天照鏡子，雖老，亦不覺得……」長輩不落俗的笑談，當然不用刊登。

慶祝《聯合報》七十周年社慶，現任主編宇文正邀我回顧在聯副的日子，我漫無頭緒地隨想隨記，既有黃金歲月的緬懷，也有陣地突圍的窘迫。感謝瘂弦引領，在我青年時代，使我有機會占有「結構洞」優勢的位置，編輯工作提供我不少成長資源，讓我與許多文化菁英聯繫，從中獲取信息，也得到不少人的激勵。張繼高來副刊聊歐洲小提琴如何製作的情景，仍然在目；項國寧總編輯打電話說副刊哪一個英文字又錯了的慚惶，仍在心頭；王效蘭發行人轉交一位退稿作者的漫罵信，也沒忘記。

長溝流月去無聲，還有太多人事來不及細述。我相信，世界沒有一刻停止變化，不論是主動還是被動，我也相信，有更多我應該注意而未注意的變化，那正是晚近十四年宇文正主導的新視界。此刻我最最懷念的還是早年共事共遊的夥伴，吳繼文、馮曼倫、趙衛民、陳泰裕……，長存心頭那座燈火通明的大樓。

夜間飛行的光

鍾文音

回顧起來，
於今的生活和年輕時彷彿又倒過來了，
周圍的一切是墨暗的，而我的臉是亮的，
四周成了我生命的背影剪影。
我也不再害怕夜間飛行，
因為前方總是有可以期待的
沙漠玫瑰永恆地綻放著……

D3 聯合副刊

夜間飛行的光

回顧起來，
於今的生活和年輕時彷彿又倒過來了，
周圍的一切是墨暗的，而我的臉是亮的，
四周成了我生命的背影剪影。
我也不再害怕夜間飛行，
因為前方總是有可以期待的
沙漠玫瑰永恆地綻放著……

鍾文音 文

一個人的防空洞

年輕時有好長的時日，我總是不知所去何方，也不知何方等我奔去。好比無所事事的時日好像漫長無邊無際，在門外貼著「神愛世人」的頂樓租處發呆，亂寫東西。夏日總是烈烈如火，於是混去冷氣房，看不知是幾輪的電影，看各種奇怪的電影，那時生命的一切，皆混成一團，包括愛情，包括知識。

那些年台北的梅雨總是下得很纏綿，頂樓的水管夾縫，經常出現小鼠屍。灰毛濡濕得像是被小孩畫壞的毛筆，毛往上直衝。胖胖的房東太太上來清乾淨，直探著我的房間，對我那小房間彷彿有意見似的眉頭三條線，好像我才是嫌疑犯。

我那幾年住在頂樓加蓋的房子，違建的空間，也藏著違建的愛情。在頂樓未蓋滿的水泥地上，有蕨類攀爬，附在水表電表上的還有雜蕪的荒草，秋風一起，我才發現荒草也會開花，晚秋的不知名花，伴著我度過蕭瑟的冷天。

下雨的季節，衣服只好吊在窄仄的小屋裡，衣服看起來總是很沉重的樣子，特別是牛仔褲，像被擠壓過的鋁罐頭。

以前都是用房東附贈的脫水機，綠色雜牌，不知為何脫水機都是用淺綠色的，就像水管幾乎都是黃色的，我當時總是喜歡盯著事物的細節看，可能眞的太無聊了。

那綠色脫水機一轉動，總是怒吼如要爆炸解體般，發出巨大聲響，且扶也扶不住，當時我整個人用全身力氣也壓不住那狀似要飛奔卻哪裡也奔不去的綠色脫水機。只能等它停止怒吼，或是必須乍然掀蓋，這時脫水機會突然像被掐住脖子般地乾咳，頓然發出幾聲巨響，然後漸漸安靜。

伴著脫水機巨大震響的是青春逆光的身影，以及無盡失眠的夜，我一個人走在台北昂貴東區都心，踩著仁愛路的枯葉，想著馬奎斯的第一本小說《枯枝敗葉》，那種瀰漫周身的濃稠孤寂。

彼時周圍的一切都像是打坐時觀想的十倍太陽般巨亮不眞，而我自己卻杵在深深的暗影裡，茫然如罩著一層霧。

幾年後我讀到詩人席薇亞．普拉斯年輕的自傳《鐘形罩》，才深刻地感受到自己原來是普拉斯描述的那種生命有如罩在瓶子中吐氣的狀態。

什麼時候才掙脫出這種有如被罩在瓶子吐納氣息的滯澀生活？

什麼時候罩在生命上空的烏雲會飄走？

就這樣，我想著想著，繼續走在當年捷運到處開挖的城市，和那些喧譁躁動的社運農運學運的遊行隊伍錯身，而年輕的我竟如荒原，等著被灌溉。

那時候我租屋在健康路，健康路對面是眷村，公寓底下是成排的汽車修理廠，每日和躺在地上雙手沾滿油汙的黑手們照面，有時候他們會看著我一個人走來走去，就會露出想要和我打招呼卻又因我一臉厭世臉而縮回去的目光。

厭世臉，毫無表情的冷漠，夜間飛行者，有理想有盼望，厭世是假面，內在眞正期待的是有光引領飛翔，使理想能安全抵達。

有一天我搭公車，坐到了一張報紙，我拿起報紙無聊讀著，竟是久違的聯合副刊，我高中很愛讀的聯副，以前都被老師貼在教室後面的布告欄，我總是必須仰頭才能讀完連載小說，每次下課都只有我一個人像食字獸般地站在那裡，一個字一個字地啃著文字，聯副在當時是文學的滿漢全席。

在大學時未料我竟幾乎中斷閱讀聯副，一來因大學可以讀的小說非常多，二來因住宿舍，沒有報紙可隨時翻閱，除非去圖書館，但去圖書館通常也都埋首找書看或者考試快到了去k書。

在公車上讀的報紙剛好是聯副上有個長方塊，上面登載長篇小說徵獎之類的訊息，高額獎金對我當時簡直如樂透，閃亮著光芒。我把報紙放進包包，一回到租屋處，忙找出寫得斷斷續續但仍還未完成的小說。但眼見截稿時間竟只剩幾天了，看來一時也無法完成，於是我取巧地改了結尾，結尾幾頁爲了求快於是都用手寫，來不及打到當時速度頗慢的電腦了。

改結尾是爲了使小說看起來好像完成了，就這樣我天眞地就寄了出去。

寄出稿件不久，我就因想找更便宜的房子而搬家了，搬到了金華街附近一間只看得到一點點光的地下室小房間，彷彿違建戀情和地下戀情成了青春之殤。

然後我去了位在永康街口的聖瑪莉打工，帶幾個聖瑪莉麵包回窩，成了我的消夜銷魂食物。那時在聖瑪莉餐廳打工，下午時段經常看見作家朱天心來寫稿，我捧著親自剛剛才現煮的咖啡壺，如貓似的走到她的桌前，輕聲問她要不要續杯？

那是時間被切成碎片的打工妹，望著大作家現前，卻遺忘（或因不敢想像會得獎）而刻意忘記自己參賽的那篇小說的可能命運。

有一天，我的前房東輾轉打電話找到我，說有些郵件記得去取。

取了一疊信，信多半是廣告來函，唯一一封讓我眼睛一亮，因爲信封印著紅色大大的字體：聯合副刊。我的名字被寫得十分瀟灑大氣，忙打開一看，寫信者是詩人陳義芝先生，信裡簡單詢問我關於我寄出的稿件是否有發表過，因爲稿件上有電腦排版列印的，也有手寫的，他們擔心電腦排版列印的稿件是否發表過？

但我收到信已然過了很久，現在也忘了當時是否有回覆那封信。

收到信時已過得獎公告時間，於是跑去央圖，紙本年代，資訊取得都得親自親爲。找到報紙，竟看見自己參獎的作品進入決審四篇之一，評審都是我一生尊崇的作家，竟有朱西甯先生與陳映眞先生，簡直是夢幻名單，且他們的評語是非常喜歡作者的文字與描述的情感，但他們也都讀到了作者還沒寫完就寄出，爲此感到可惜。

這是沒有得獎卻感到被餽贈桂冠的美妙時刻，也因爲這樣我體認到我是可以寫作的，我的作品已暴露在大作家們的目光中且被欽點了。

後來這篇處女作就是我一九九八年出版的第一本長篇小說《女島紀行》，當時參賽的名稱是《華枝春滿》，取弘一法師的偈語「華枝春滿天心月圓」，後來我將「華枝春滿」，拆成兩本小說，春滿就成了《女島紀行》，華枝成了我的第二本小說《從今而後》。之所以會有第二本，其實就是當年睿眼識破作者參獎小說還有待完成的部分。

為何一九九八年有機會出版我的長篇小說，這就得回到一九九七年，我終於不再只是入圍，而是獲獎了。因為一九九七年短篇小說〈一天兩個人〉、一九九九年散文〈我的天可汗〉獲得聯合報文學獎而受到出版界的注意，進而出版了我的第一本短篇小說集《一天兩個人》與散文集《昨日重現》。

從此，聯副不僅餵養我的靈魂，進而餵養我的生活（獎金與稿費），聯副自此有如我生命的美麗風景線，陪著我一路挺進文學版圖，攀爬各種崎嶇的山徑。

印象最深的還有一次是甫獲得諾貝爾文學獎的高行健先生訪台，聯副策畫了新生代作家和高行健先生對談（比較像是提問，請益），我和同世代作家鍾怡雯、陳大為、唐捐與已故的袁哲生坐在聯合報的巨大圓桌上，當時新生代都靦腆，話不多，但惺惺相惜。

時光飛逝，當年我們這群未滿三十的新生代作家也都走到了中生代之途，且很快就要彎到另一個世代的旅程了。聯副成了早年我寫作的定錨者，寫作大海的領航員，是我寫作的一方夢田。

後來和聯副的關係也從得獎者轉成了評審人。

1999年，鍾文音以〈我的天可汗〉獲聯合報散文獎。

我的天可汗

我的天可汗。

一天兩個人

Café Monday

一天兩個人

尤其是聯副經常和許多單位合辦各式各樣的文學獎，讓我有機會大量成爲賽外賽的場邊觀察者，一路走來，看著許多新星繼續發亮在聯副的文學星空上。

聯副走入七十，我寫作時是詩人陳義芝主持的年代，一路寫下，來到了和我同世代的宇文正年代，她不僅提攜後進，也特別關心我們這些已然攀爬無數文學高峰但卻受困於經濟現實，因而無法在最成熟的人生中途好好寫作的中生代作者。宇文正對文學作品的品味與眼光十分獨到，個性甜美中帶著大氣，俠義四射又體貼敏銳如貓。知悉我輩中人多如孤島各自在圍城寫作，也多屬內斂靦腆者多，於是她總不忘召集，聯繫彼此。

有幸和她一起飛翔聯副天空多年，我的夜間飛行也早已降落在屬於自己的夢土了，雖然夢土尚未開出繁華盛世，但一路走來，刻痕歷歷，新土昂揚，文學依然屬於我所熱愛的世界。

然而青春時那種永遠如霧中風景的局外人之感卻從未離去，或許是初心的提點，或許是作家的第一本書就是作家寫作的最初之地，標誌著作家未被世故化的原初，所以聯副可說是植栽我文學樹的第一塊土壤，就像孤島環繞的豐饒之海，是我寫作最初的父土母水。

於是，最初也是最終。

最初寫作的那個世界，在我困頓時，腦海就會轉動那些青春光影，被記憶召喚，像是要我永遠勿忘所來處。

比如那些年的梅雨，也使我的第一本小說《一天兩個人》裡通篇文氣與場景皆在下雨，生活總是不斷地下著雨，逐漸發霉的心，等待上岸。

等待上岸者，看見聯副燈塔，於是匍匐泅泳，終於登岸。

我偶爾會問自己，如果當年沒有得獎，沒有喝了贈獎典禮酒會的第一杯雞尾酒，我的寫作生涯後來會如何？能有信心地持續不斷寫作嗎？在我歷經不少獎項的評審之後，我也經常為那些只差一點點卻無緣獲獎的人扼腕，我不知道他們是否會受到打擊？或者依然信心滿滿？

這讓我想起法國作家莒哈絲年輕時將她寫的小說拿給當時成名的作家沙特看，期望沙特給予她意見，說是意見還不如說是給予鼓勵或讚賞。然而沙特卻說：「小姐，你寫得糟透了。」莒哈絲自此一生都討厭沙特與西蒙波娃，甚至後來公開說沙特不是眞正的作家。她對自己的作品有信心，而這信心從何而來？在當時什麼書都還沒出版，二十幾歲的莒哈絲為何可以如此有信心？後來她的這本被沙特說寫得糟透的小說不久後也出版了，說來還是出版社的主編有眼光。

如果當年投聯副文學獎卻沒有被大作家稱讚的話，我的信心是否能繼續淬煉成一把銳劍？還是化成廢鐵？至今我都還隱約記得朱西甯先生說作者的文字很好，能用碎片羅織成一個小世界。還有〈一天兩個人〉評審王德威的評語：作者帶著一股生猛之氣。

年輕時我們總是記得讚美的，遺忘（或不敢正視）給我們提點的負面之詞。後來自己當了評審，想必也被某些人牢牢記住我對他們的讚美，但也被某些人隱隱懷恨？說來，還是得回到自己的最初，寫作是爲了什麼？活在別人的認可，想必也是一生徒勞。爲此，我很懷念王德威先生說的一股生猛之氣。

這股生猛之氣隨著歲月被淘洗了，生猛海鮮似的青春已逐漸熬煮成雞精似的溫潤。

回顧起來，於今的生活和年輕時彷彿又倒過來了，周圍的一切是墨暗的，而我的臉是亮的，四周成了我生命的背影剪影。我也不再害怕夜間飛行，因爲前方總是有可以期待的沙漠玫瑰永恆地綻放著。

青春時揚起火焰般的灰塵，於今是逐漸不再熾燙，也減低內在那巨大搖晃的迫降感了，一切雖未塵埃落定，但隨著寫作生活帶來的潮汐，也有了些韻律。我輩中人彷彿和聯副面對電子與自媒時代的考驗一般，生命板塊也進入各種震盪，我想起了當年那台午夜發出巨響的脫水機，那聲響也成了絕響。

但一路走來，文學的榮光仍在遠方閃爍，照耀。

聯副，新生代作家最初定錨文學版圖的微光，燈塔。

贈獎酒會時，我二十幾歲的年華所嘗到的第一杯文壇雞尾酒的滋味我依稀記得，舌尖甜美，心頭卻不知爲何感到寂寞了起來。

是又甜蜜又寂寞啊，甜蜜的是開始想著要拿獎金去旅行世界（果眞去旅行了），寂寞的是，這文學之路就像人生荒原。

幸運的是，走了這麼遠的路，還能和聯副一同邁入下一個旅程，一同老去。

寫給親愛的聯副

輯二

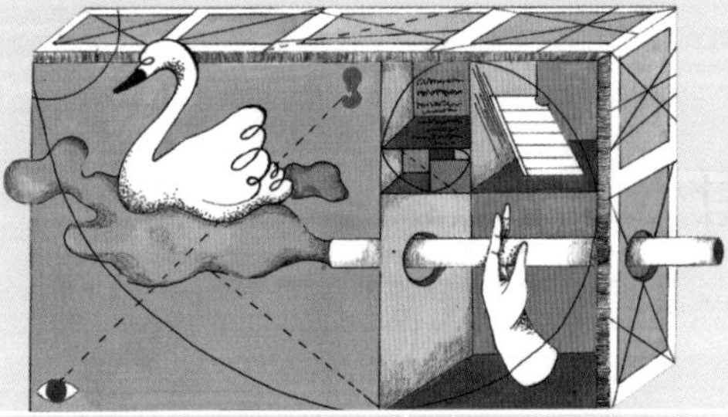

童年有字

吳妮民

或許與你的故事要從童年說起，親愛的聯副。小學時候，每逢傍晚要學鋼琴的日子，課前的下午，母親在上班，總把我託付給書店。有時在重慶南路的東方出版社、三民書局，有時則在松山機場大廳旁的黎明文化——那是讓旅客打發時間的角落，但店員對孩子看書始終非常友善——她們甚至信任到讓我帶著書去候機室椅子上讀。印象中那裡書目多屬大人款式，我於是讀了不少密密麻麻的作品。一回，不知怎地母親買了本《小說潮》給我，是聯合報小說獎作品集，瘂弦主編。裡面的作家我一個也不認識，然而對貪食的小孩來說，字多就是好。我顛來覆去地看了很久，有些故事看不太懂，有些則能懂得。如今再翻開，得獎人是〈日頭雨〉的李永平，〈我兒漢生〉的蕭颯，〈大火〉的東年。這本集子，是我與聯副最早的交集。

但家裡畢竟沒有訂過《聯合報》，而是訂了《聯合晚報》，下班下課的我們，傍晚才有餘裕回顧一天大事。我通常是最早返家拿取報紙的那一個。當時《聯晚》也有一頁偏副刊性質，版名已不記得，最有印象是歐銀釧寫的專欄，奇情的文字，讓我每回追讀。從國小到中學，整份晚報我總是讀三個版面，社會版、影劇版，以及副刊，大概，因爲這三版是最富張力的。

等到自己有意識細讀聯副時，已經上大學了。成大時期，我常常去光復校區對街的美而美早餐店，店內報紙往往被用餐客人拆成數張，隨意散落各桌頂。我是店裡坐那一派的，旁觀他桌客人何時要起身、什麼時候可以去收集報紙回座讀（尤其要拿到副刊那個版面），是早餐有趣而重要的儀式。時間去來，看著看著，慢慢認識了更多名字，也終於知道文學獎有賽季，每年會如潮汛般來臨。我開始寫，開始與遙遠的文友有了偶爾的聯繫。並沒贊成我寫作的父母，竟替我留意起文友作品。某年文友得了聯合報散文大獎，父親看見了，從上班處把報紙帶回家收著，待我返台北，還拿出來教我觀摩。至今仍記得那畫面，夜裡，我在桌前燈下一字一字讀著朋友的散文。這是大五那年的事。

忽然間，離大五已經十六年，離童年的小女孩更遠，渡越時光，我成了現在的模樣。幸好，讀與寫，維持著尚不曾丟失；幸好，親愛的聯副，歷經七十年，見證了無數讀寫少年的你仍在。而年少時代的自己總是永恆的，習性滲透一生，很難幡改，對我來說，早餐要配字，這是日常，也是恆常了。我們或斷或續地寫著，從紙本到電子報。偶然，當我在電訊中讀見朋友的作品，彷彿一個久違的招呼，那時我將會心地想，「噢，你也在這裡嗎？」

追隨的小妖們

吳鈞堯

聯副大神生日快樂：

我知道你不是一個人，而是一種繼承。小時候，你的風聲就透過報紙每一天向我傳送。民國七十年間報紙僅三大張、六大面，你大剌剌占據半版，我放學途中經過書報攤，小老闆娘當時二十出頭，是同學大姊，她總是平攤副刊擱在腿上看。

她閱讀艱困，雖然不曾以手指字，但眼珠子轉得慢，有一回我跟同學站攤位前許久，她以為雲朵擋了日光，徐徐才抬起頭。同學大姊顧小攤養家，她如果有機會讀書，肯定會讀中文系，年紀與簡媜相仿，有機會為以流氓著稱的三重埔洗刷些灰槁。

可惜事事未盡如人意。可是她又為我留下線索，說明副刊之於有夢的女孩，在單調的顧攤時光，能把她帶得多遠。的確很遠哪。這幾年，我跟她偶爾逢遇，她弟弟都成為話題開端，實情是我國中畢業再沒見過同學。匆忙的街頭上書報攤已經收了，她在那頭留下的夢，被記憶到我這裡來，不然，一個國中生哪會知道副刊，因爲這一留神，從此開始敬仰時光。

但你，著實離我太遠，妙的是，拉遠的距離並未把你變小，而是愈遠愈巨大，這有違科學常理，卻是我心頭的眞實，當初的我最常檢閱救國團青年世紀，盯著美麗的風景照片與校園少女，作著非分夢想，而關於美的唆使，終於還是鼓勵我開始小小但勇敢的實踐。

七月整理舊資料，無意中找到瘂弦老師寄給我的信，說是收到短篇小說集，「會好好拜讀學習」。「無意中」找到的信擺在非常醒目的書架間，不似無意更像刻意，好方便當年的我只讀他的美麗、只讀他的鼓勵，瘂公從主編《幼獅文藝》時，即習慣寫信給少年、少女，我跟他親自說上話是在復興山莊文藝營，優雅紳士的風範完全被接手的陳義芝繼承了。

跟陳義芝的第一回對話是椿喜事，他親自來電告訴我獲得極短篇小說獎，當時心神有些恍惚，有神來過嗎？與宇文正的認識就比較人間，記得有一回邀請她演講，她當時反問我，「我要說什麼呀？」二十一世紀《變形金剛》電影全球風靡，恰如文正的文字變身，少女在副刊長成女俠。王盛弘亦然。認識他非常早，我們都是《台灣新聞報》作者，是我有數的「青梅竹馬」。當時年輕、目前依然年輕的胡靖曾經協助我編務，創作發光已經好幾年了。

細數交集的聯副人物，是知道副刊所以爲神，是一群人代代相傳的成就與完成，一些字句鼓勵、有些話語點題，很容易成爲蝴蝶。

你是你，也是你們，任務像靜態，足以移山倒海，法術彷彿只是文字，卻能吞吐乾坤，而這些可能得用飛蚊症、脊椎盤突出換來。七十不老，因爲你將一代一代活在年輕的骨血中，用時間更新靈魂，一直追在後頭小妖們，都如我，金金看您。

一直追著的小堯　敬上

餘事之樂

祁立峰

跟許多寫作者歪打正著，或因某種至福熠熠的文學啓蒙經驗不太相同，我從小就很嚮往「作家」頭銜。小學時投校刊、投《兒童日報》，再大一點投《國語日報》，投校園或縣市文學獎。彼時文學雜誌尚稱繁花盛景，星河撩亂，《聯合文學》，《印刻》，《幼獅》，《野葡萄》，從郵寄升級成寫e-mail，每個投稿信箱都別類建檔，放進「我的最愛」資料夾。

當年也還是副刊盛世。除了聯副、人間、自副，大報還有更生活向的版面，《聯合報》的繽紛，《自由》的花編。總之對當時文藝青年的我輩而言，副刊就是副刊，給知名或新秀作家刊載作品的園地，墨黑的鉛字，配圖的版面，以及所謂「文壇」被具象化的清晰面目。

算起來持續投稿並被退稿了一兩年總有吧。我還記得第一次被通知投稿留用的時候。那篇文章內容想想也沒什麼，就是對香港電影明星驟逝的涓滴離感，如今想來有些黏膩勾勾纏的文藝腔。而字數與篇幅，應該也排不上主版面，但我與當時也矢志寫作的Y卻亢奮莫名，陷入了「自己這樣終於也能算是一個作家」的幻想與過度膨脹。

顧盼盈盈勾眼巴巴等了幾個星期吧，終於通知我被刊出那天。家裡買了幾份報，副刊頁摺疊下來，像小夫者流炫耀新買的玩具。然後繼續投，偶爾留用，想像作品印刷出來塞進版面裡的模樣。

後來怎麼了呢？在國民偶像機器貓的套路情節裡，愛炫耀的小夫遙控飛機終究被胖虎給搶走了，然後哭著找大雄哆啦A夢告狀。

該說是文壇的典範轉移，還是媒材載體的興衰代際？副刊時代貌似忽然就結束了。黏膩且善感的抒情散文，長到一兩個月連載的小說，插枝了臉書時代哀居時代，算觸及率擴散率的時代，好像就停止生長了。我的一些較年長學生，仍然對投稿雜誌副刊頗執著，不斷與我討論關於其作品優劣與投稿方向。但副刊的讀者恐怕就如紙本書一般穩定減少中。

寫作者從紙報轉換到網路，在噗浪，在迪卡，在粉專。諸法因果，名之曰流量或聲量。社群媒體的河道，橫列的版型，上文下圖的模組，成了新世代的新副刊。文章不一定要短，但得綱舉目張，最好有標號，要配圖配影片，最好製梗圖，作迷因，中央圖房或私廚都可，還須可視性，再好還要留言按讚分享開啓小鈴鐺。

然後就是「訂閱」。從訂閱紙媒的副刊時代，到訂閱網紅直播主的媒體時代。文學量能或許不再，但對閱讀的中和抗體卻倍數成長。用疫苗術語怎麼說？人們可能不再讀那些靈光機巧的作品，但各種資訊，知識以大數據以海量淹沒我們的日常。以報業來說，副刊之所以名副刊，在於其主副之別，就像文藝作品相對於政經新聞僅是餘事。所以我終究相信副刊的意義。人生歸有事，總得有餘事可作，不用那麼正襟危坐，不必那麼正正堂堂。

電子情緣

林佳樺

聯副男神：

數不清向你投遞多少封信。誰說告白一定順利呢？你的拒絕如此溫婉，讓人有著下次必定成功的幻覺：「大作未能留用，甚憾，若有佳作，再予以賜稿。」這般幻覺的催化之下，我卯足全力發動攻勢，一周一封，數年後，竟獲得你的應允：「大作留用，耑此敬祝　文安。」

對你的鍾情始於中學，那時周記必須以小楷毛筆書寫，班導規定「國家大事」項目之後，記下幾行副刊上的名言佳句。家裡訂閱的《聯合報》有三大張、六面，你占據了一版，這一方空間中，最引人注目的除了主文，便是被文字環繞的繪圖。問班導，名言佳句可否改成剪貼插圖？老師反倒鼓勵我試著投稿，也許我的文字也能配上精美繪畫。

這句話，開啓了我對你的告白人生。偶得你青睞，如中樂透般尖叫，當日天光稍亮，便起床攔截報紙，小心剪貼，隱隱感知與你的書信往返，是讀與寫的曲徑甬道。雖然，文章始終與繪圖擦肩而過，但這條小徑已充滿蜜香。

那天，作夢一般，我的文章〈月光熬的藥〉上方，插畫家王嗚咪在珠灰圓缽裡繪製草葉藥材，燉煮的湯藥蒸騰熱氣，暈黃弦月下，淺藍霧氣伸出手，小心地熬製這碗藥材。

爸爸笑我搞錯重點了，文字是正主，圖是綠葉，但我覺得這兩者是互相幫襯。青春時期的願想就在這版面上了，插畫家完全讀出我隱藏在文字背後的符碼，那一個個熬夜打出的方塊字，都被繪圖的點線，構築出一個從我腦內延伸出去的想像空間。原本，希望讀者進入我營造的文字情感裡，我反而掉入了插畫家繪出來的幻境中，而這兩者，又彷彿是我的分身。

那一刻，始知數十年來對你的告白書信都是碎片，漸漸拼湊出我的原型，一個今昔互映、現實與超現實交錯的我。

說不完的故事

凌明玉

你知道嗎？我們經歷的那些回憶，差點無法挽回了。

前不久，J整理昔時與公婆居住十餘年的老公寓，給幾本泛黃琴譜拍了照傳來，問還要嗎？他會謹慎詢問而非直接丟棄，或許是我的琴聲往事，他不能隨意棄置。不可思索過久，畢竟也曾一鍵一鍵沉浸其中。嗯，丟了吧。我的青春。

過兩口，J接續整頓舊居，再次來電詢問，堆放後陽台的副刊剪報，還留嗎？

還留嗎？空氣忽然凝滯堵住胸口的難受。J仍在線等回覆，新租客將來，房子得盡速淨空，由不得遲疑，同樣不可思忖過深，我說，不留了。

或許是音量充滿不確定的波長，J再次詢問，全都不要嗎？

留下哪年哪月哪日舊報，還得和沒被挽留的萬分抱歉啊。嗯，全部。我的寂寞時光。

掛上電話，你知道嗎？回憶如潮浪洶湧而來，將年輕懷抱純粹的我推到初老的我面前，要我看看自己的初心……

一落落舊報，從整疊報紙抽出唯一副刊所組成，再裁剪成方塊或長方狀的散文或小說，分置不同屬性的剪貼簿，上膠或不上膠表示已讀與未讀。網路搜尋不發達的年代，耗費十餘年囤積的副刊可是古典年代的文學維基百科哪。

你知道嗎？女兒誕生後，我不再日日至書店晃盪，唯有早起趁著嬰兒喝完奶熟睡的時間縫隙，揣著零錢去巷口雜貨店買份報，回家就著即溶咖啡和吐司細細閱讀副刊，那是慌亂育兒閒置夢想之餘，僅存的美好。

年輕的我總能規定自己每日必得細讀副刊。有次讀到獲得極短篇獎的〈早餐〉大為驚詫，原來故事還有這種說法。小說結構是丈夫總在小三處吃完早餐，復而返回家中陪伴妻兒再吃一次早餐；早餐是夫妻相處的儀式，代換公式，兩人的情感建立在：性+食物=婚姻，讀完有種酸澀與哀愁的感受交織湧現。

隨即我興起寫小說的念頭，對付生活的氣力塡進兩張五百字格子後，肩膀的緊繃感竟然消失了。我初次將說故事的渴望，裝進信封，寄給你。

接下來，每天午後都不忘探探信箱是否有回音，郵差總在那個時刻投遞。

不消數日，你原封不動退回我初初萌發的熱情，我不怪你，仰慕者眾多的你，得層層篩選最美最眞最好的那一位。

後來，我仍持續寫作，有時也恐懼寫任何文字給你。直到後來的後來，換你寫信來，輕輕詢問，可否寫篇文章給你？於是從繽紛寫實記事到文學命題，也觸及我成長的一方水土與年代……以及興之所至寄給你輕薄厚重不等的散文與小說，你總是接納我的狂傲與天眞。

信寫到這裡，我終於知道，剪貼副刊的點點星光終究會燃燒殆盡，當我繼續寫信給你，我們卻早已創造出新的回憶，牢牢黏貼在額前葉，彷彿說不完的故事。

謝謝你照顧我的內在小孩

凌性傑

親愛的聯副：

這是一個艱難的夏天。生活的每個角落都像是硝煙瀰漫的戰場，疾病和死亡的消息在許多人心裡埋下地雷，不知道引信何時會被扯動，不知道無常會以怎樣的面目臨近自身。長時間閉門不出的日子並不好過，人與人、人與世界的連結形式急遽翻轉，再怎麼難熬也只能熬下去。如此度日，更難堪的處境可能是赫然發現跟自己相處原來是這麼不容易。

此時此刻，親愛的聯副，謝謝你給了一份珍貴的禮物：陪伴。幸好有這樣滿是光澤的陪伴，讓我在照見生命中的皺褶陰暗之時，也能覺得安心。有些事情已經很遙遠但我還能清楚地記得。記得高中時期，養成了閱讀的習慣。那時沒有太多聲光刺激，感官世界比較不紛亂不勞累。總是趁著短暫的下課時間奔向圖書館閱報區，一個人靜靜立在攤開的副刊頁面前，耳邊有風扇轉動的聲音，窗外的人聲火車聲偶爾流動到身旁。讀到喜歡的文章，總是想著自己也要成為一個作家。

就是那樣的時刻，內在小孩被喚醒了，他的孤獨無依忽然顯現，他想要跟人說話的願望也瞬間發生。只是當時並不知道，副刊是可以投稿的。

到了大學時期，終於鼓起勇氣，參加各類主題徵文獎項，任由內在小孩去嬉鬧、去發洩、去闖蕩。主題徵文活動讓我知道，文學創作的發表有其規則與機制，而且類型繁多。更珍貴的遭遇是，走過童年傷痕，我愛動物，眾生相……這些題目呼喚著我未曾知覺的心思，看似是局限個性的命題寫作，其實是給予一個讓書寫啓動的契機。親愛的聯副，我珍惜這樣的契機。如果不是這些主題的呼喚，我的內在小孩也許要延遲很久才能與我相會。

一行禪師說，每個人內在都有一個需要被照顧的小孩，只要傾聽他，跟他展開對話，就可以瞭解自己最原始的恐懼與慾望。一行禪師認為，恐懼和慾望有共同的源頭：「我們害怕死亡，慾望由此而來，我們期盼有人能夠幫助我們生存。」「由於我們還不懂辨識內在小孩的慾望，我們的慾望無法獲得滿足。」親愛的聯副，是你安頓了我的恐懼，收容我的慾望。寫著寫著，也就不再徬徨焦慮了。大學時期，獎項帶來榮耀，獎金提供現實依靠，這一切都幫助了我的生存。

親愛的聯副，謝謝你照顧我的內在小孩，使我在每一個書寫的當下都能享受深度的自我對話。親愛的聯副，是你牽引著我的內在小孩，給他擁抱，支持他的快樂或悲傷，讓他有家可歸。我在夏季的悶雷暴雨之間，握緊了內在小孩的手，一起爲生存獻上祝福。祝福這個世界，祝福熟悉的、陌生的、有緣的、無緣的人，都能接受到宇宙的善意，各自寂靜，各自歡喜。

但願人長久

徐國能

親愛的聯副：

昨天午後開始下雨，熱熱的雨一直落到黃昏，暑氣漸淡，晚涼宜人。我照例爲母親送去晚餐，在一樓大門前越過一小潭積水，打開信箱，發現報紙已經爲她取走，便知她今日有下樓活動，心中寬慰，逕自登上樓去。

這麼多年了，信箱中的《聯合報》是我一個小小的觀察指標，八十幾歲的母親若能下樓散步，把報紙拿回家，那表示今天一切如常；如果五點多了報紙還在信箱，我就要多關心她的情況，是不是暈眩，是不是跌倒，是不是昨天又失眠或哪裡不適……其實這幾年，母親視力逐漸退化，很多小字已經難以閱讀，但她每天還是儀式性地翻過一遍《聯合報》，睡前寫日記時，除了自己記錄血壓，還抄幾條大字標題，我知道她會特別翻翻副刊，如果看到我的文章，她就拿出一把大剪刀，喀擦喀擦地剪下來保存。

親愛的聯副，我不記得最早在你這發表作品是什麼時候了，那時文學獎受人矚目，是初出文壇者一張必備的通行證，我獲獎時幾乎不可置信，遙不可及的作家夢近在咫尺。十幾年來讀讀寫寫，時光竟也這樣匆匆而逝，我想起「歲月靜好」這句話，也許能為聯副寫稿，期待登出，讓母親在睡前發現這些文字，陪她作一個好夢，就是我人生裡最靜好的一段歲月了。未來如何不可知，但這十幾年來什麼大事都沒發生的寫作生涯，也許就是我生命裡最燦爛的時光。

世上誰還讀報？誰還會在早晨翻閱這麼大一張紙，在其中知悉昨日點滴，或關心世界以外，寫作者心底的風景？親愛的聯副，那麼多的日子，那麼多的字堆疊成一座巴別塔，將通向何處呢？我讀博士班的時期，我的老師，還特別提到余英時先生在聯副上的文章〈文史互證、顯隱交融〉，那篇深刻的、學術性極強的論文，討論的是陳寅恪詩的解讀與研究方法，長文在聯副上連載五日，我想，那時的副刊，承載的不只是小規模的文藝興趣，且具洞觀歷史、紹繼文化的悠悠使命吧！

白日已逝，不知不覺，夏天，懷舊的時代、年輕的寫作夢彷彿都去遠了，留給我一片悠長的灰夜，每日在寂靜裡用電腦或手機點閱一首詩，慢慢理解一個巨大的隱喻，也許就是我與你，與世界的微弱聯繫。親愛的聯副，我每天期待這樣的尋找，像深海的鯨魚用聲納找到久違的童侶。信息微弱，綿延不斷，我但願世世代代都有這樣一片海洋，灰色的字無論用什麼形式展開，都讓沉思時代或抒發寂寞的人聽見回音。

在蕭瑟處滿懷感謝，在遙遠處送予祝福，心心念念不過平安二字，親愛的聯副，但願人長久，但願文字的河，永遠漂流我心底的故鄉。

千山同一月

黃春美

親愛的聯副：

我要告訴你一件事。

四五年前某天，我的臉書出現一則交友邀請，那一瞬，我全身汗水斷線珠子似地滴流，細細端詳大頭貼，歲月刀斧無情，眞的是他嗎？但是，他問我是否曾在土城某家電子公司上班，我於是回覆「確認」。

四十年不見的朋友，臉書相逢，不免談過去，說現在。某次與他話家常，他提及媳婦貞觀。「貞觀」？《千江有水千江月》那個女主角「貞觀」嗎？果眞同名，莫非當年他親家也追聯副連載小說，所以給女兒起了這名字？於是，我談起那時候工廠宿舍訂《聯合報》，下班後最期待看副刊連載的《千江有水千江月》，追劇般。他說他家也訂《聯合報》，那篇連載全部看完了，還提到男主角大信。我怔了一下，嘆起青絲已成雪，原來千山同一月。

人老了，有時一感嘆就又絮絮叨叨話從前。彼時，每天面對輸送帶上潮湧而來的機板，日子單調枯燥煩悶，偷偷約會外，唯一樂事翻看報紙。國家大事與社會新聞，與我無關，略過。喜歡的副刊文章，細細看。那時候的日記本還夾著聯副剪報杏林子的〈不老的爸爸〉上下篇，上篇註記日期是六十九年四月十二日。

與他，不知是否稱得上愛情的情愛保鮮期約莫一季，工作翌年返鄉，又翌年嫁人。有一天，我在春節書展時遇見《千江有水千江月》，毫不猶豫買下人生第一本書。毋須懷疑，確實是人生第一本書。我成長過程中，家裡只買過字典和參考書，那年代能吃飽就不錯了，買什麼書，你年長我十歲，當能見證。

喜歡上閱讀後，興來寫寫字，偶也投稿。不是投你的版啦，哪來的膽，是投《中國時報》幾十字笑話那類，多次蒙錄用，一則笑話送一打絲襪，我房間抽屜塞滿絲襪，但我又不是百足蜈蚣，腿也不美，只好送人。絲襪之後改送科幻小說，至少收到七八本，興致不高，全轉送圖書館。

後來，我嘗試《聯合報》繽紛版徵文投稿，感激編輯多次給我信心，讓我陶醉在「成名」中。然後，參加兩屆聯副舉辦的懷恩文學獎徵文比賽，蒙評審厚愛，兩次都獲獎。於是，我嘗試向副刊叩門，一〇六年散文集《時光那端遇見你》和今年三月出版的《蹋銅罐仔的人》，其中就有多篇文章在聯副刊登。

親愛的，漫長的寫作之路，你一次又一次給我機會，我的信心一次比一次堅定，即便曾經退稿，心裡只是「哇～」，依然覺得是另一種形式的鼓勵。

最後，還要告訴你一件事，他說，我在聯副登出的文章他都收藏，這我相信，都已經當阿公了，如果還對阿嬤說謊，那這人也實在三八。

欣逢七十大壽

祝福　致敬　感恩

每一天都有期待真好

葉國居

給親愛的聯副：

相識是緣，認識妳更是奇異機緣。六、七十年代，封閉的客家農莊彷若與世隔絕，「看人面日日驚，看土面日日青」，莊稼漢只管莊稼事，不問天下事，沒人在看報紙。念高中前，我絲毫沒有閱報記憶，過了今天便是明天，放任新聞變成舊聞。不過，在客家庄舊新聞比較值錢，因爲舊報紙一再被反覆利用著，像是輾轉流浪，又像是東漂西泊。我與妳透過一條粉紅豬作媒介，緣起在妳流浪和漂泊間。

國三那年，阿公的豬檻多了一條粉紅豬。在此之前，清一色是黑豬。粉紅豬入住後與黑豬同舍，舉止溫文，翩翩風度，總是在餐後趴在後排以磚砌的通風孔向天邊望去，一副凝思標準的文青模樣。牠從不與黑豬推擠爭食，所以長得特別慢，有一段時間，像極了骨瘦嶙峋的修行者。牠在我們家豬舍停留的時間特別長，一般豬仔大概八個月就賣出了，阿公足足多忍耐了四個月久。粉紅豬賣給豬販阿雲叔，他在新屋大街上專事殺豬賣豬肉。第二天，阿公依照往例騎腳踏車去大街，將紅、藍、綠三色橫條紋構成的茄芷袋掛在把手，到肉攤買回兩斤自家養的豬肉回來食。

我從未關心過買回來豬肉的模樣，因爲是粉紅豬，動念打開茄芷袋，豬肉被裹在一份報紙裡。端詳許久，突然一個不經意眼神的邂逅，「副刊」的字樣映入眼簾。是妳，聯副，初見妳在一副零星點點的油漬模樣。有可能粉紅豬實在太瘦了，油脂較少，因而妳仍然清晰可辨。我讀了一篇散文，被妳身上的文字著迷，像是一種無形浸潤。從那時候開始，每回阿公從大街買豬肉回來，我會迫不及待去找妳，油漬或多或少，閱讀拼拼湊湊。推估一下時間，從妳三十歲開始，我便在肉身和文字間追蹤妳的身影。

妳始終隱身在舊新聞裡，隨著生活觸角不斷擴張。除了豬肉，村人也習慣用舊報紙包青菜、豆類、種子，裹青木瓜除濕催熟，而妳總是以各種姿態與我不期而遇。如以現在觀點看來，這些儲存食物方式不盡正確，但在那樣的年代彷若是一種幸福，妳出現的場合耐於咀嚼，那雋永的文字讓人心靈飽滿，生活回甘。隨著經濟物質的改變，報業雨後春筍，網路無遠弗屆，即便在天涯海角，亦能輕而易舉追蹤妳的身影。也正因爲如此，那包裹豬肉的副刊，在我年過半百後，更顯得樸實有味，印象如鮮。

如今依舊天天讀妳不厭倦，享受每一日閱讀的歡愉。每一天都有期待眞好，在妳七十歲這年，我想起了粉紅豬這段往事，想起了牠駐足凝思在那小小通風口，也或許是一種等待，憧憬有一天，將肉身裹在文字間，彷若汗牛充棟，與書爲伍是多麼幸福。和妳分享這段陳年往事，祝福生日快樂。

把海峽和陸地壓縮了

馮傑

親愛的聯副：

今天我要這樣開頭，是寫命題作文。我從小落下個作文毛病：喜歡跑題。儘管後來曾對語文老師狡辯：好作家都是靠跑題跑出來的。

我感覺裡聯副本是一塊「田地」，春種秋收，今天要當成一個人物對待。聯副是一位耕耘的農夫，是一位澆灌旱地的看渠人，是一位捉蟲子的園丁，是一位嚇唬麻雀的稻草人……諸如此類比喻還能造很多。後面有個更精采的。

三十多年前我已是「聯副作家」，時間不敢算，竟會有三十多年？這幾乎要占聯副創刊七十周年的一半。聯副面向海內外世界各地作家開放。水果大小不同，我屬排在後面的小水果。在遙遠北中原鄉下，在北緯35°東經113°那塊土地，我是聯副延伸到最基層的一位作者，在鄉下聞到草香時，我能打開遠在台北的聯副。

在華文報紙副刊上，我發表最多作品的副刊是聯副，其次是中副，如果我說曾獲聯合報文學獎三次，中國時報文學獎三次，恐怕多人會說是吹牛，今天我談論和副刊關係時才想到這一算術題，必須用加法，況且六頭牛就「平躺」在那裡。不論品質只論數量的話這紀錄很輝煌吧？

讓我知道，世上有一種交流和爭論和探討大於友誼且小於火藥的事情，是文學的魅力。

從聯副掌門人瘂弦到陳義芝到宇文正，聯副同仁還有侯吉諒、林煥彰、田新彬、王盛弘等等，定有遺漏，我無不得到滋潤和鼓勵。瘂弦先生用詩歌手工藝加上溫度，把海峽和陸地壓縮了，壓縮成大家的文學版面，讓精采的文學得以展示張揚，傳承了華文副刊的優秀傳統，他為人為文，那種溫柔敦厚之風，我感同身受，先生不止對我一人，他對每位投稿者都敬心關懷，尊敬同道，提攜後人。想到一則舊事，一九九二年秋天瘂弦和夫人橋橋女士歸鄉，在南陽，橋橋女士對我說，「瘂弦是福將，誰和他交往都會有福。」這甚是「中語」。瘂弦作為大詩人，優秀編輯家，和其他副刊踐行者一樣，為華文副刊繁榮做出表率，瘂弦還是世上為作者寫信最多的編者，細心周到，無微不至。他是傳送文學溫度的那一根弦，是西洋樂器裡的弦，也是豫劇裡本色原腔的弦。他在退休交接力棒前，還囑咐下一步文學計畫，讓作者和誰溝通，近似諸葛亮賜人錦囊。這何止文學，分明更是文心。

說瘂弦先生是我的詩歌貴人，聯副則是我文學田園裡晴耕雨讀的寶地。

十二年前晚秋，我首次到台北，七天時間裡特意抽出一天，到我在信封上寫過無數次的「忠孝東路四段五五五號」聯副之地，遺憾聯副的瘂弦先生遠在加拿大，好在聯副的宇文正女士請我喝一杯文學的咖啡。這些片段像漢語詞典裡以詞造夢一樣。

隨著科技空間無限變化，也許某一天報紙被其他形式代替，但一個時代辦一個時代的報紙，在一個時代裡，聯副是華文報紙海洋裡的一桿座標。算術課讓我知道「負負得正」，這樣推算，在詩人眼裡，「聯副」大於「正刊」。

以當年一個業餘作者所想，聯副像我們鄉下一個集會，儘管它本質是文學集會。在這個集會裡，趕集者絡繹不絕，攆鴨帶狗，人聲鼎沸，買賣不斷，煞是熱鬧，集會有人間鮮氣，還有蒲公英花香。在時代文學晴雨表裡，趕集者沒有缺席。

跑題這些，打住。最後，祝「文田」風調雨順，五穀豐登！

寫給下一輪文學盛世

輯三

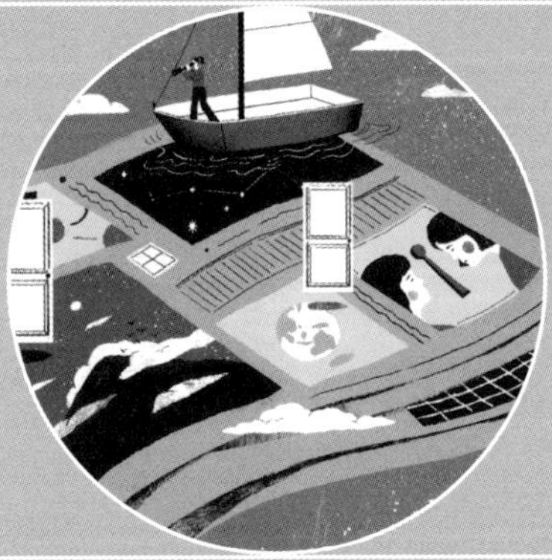

打版、番茄醬、魔法少女

陳又津

某天，對面的男子送我一塊鐵板：上面有我的照片、標題以及我寫過的文字——是副刊專欄的打版。鐵板邊緣還有鋒利的痕跡，可能割傷人，也可以拿來切麵糰之類的東西。此時此刻收到，簡直像是某種時光膠囊。我曾在印刷廠見過全版，那是大得足以覆蓋桌面的鐵版，他絕不可能全版帶來，就算他帶來了，我也無法收下帶回家。雖然我心裡閃過一絲疑慮，這應該是他前公司的財產吧？但他都離職了，我寫出來應該沒關係吧。

那段爲時一年、每周更新一千字，對決截稿日的日子，我並不孤單。因爲一周有七天，五天有專欄，我負責星期五，其他四個作者也要面對鐵打的截稿日。此時，我們有難同當，有福同享。

有一回，認眞的讀者讀了專欄，手寫改進意見，郵寄給報社編輯。信紙正面給周三的作者，另一面給我。但一封信，無法讓兩人同時保存，「星期三」

作者透過臉書傳來信紙照片，一絲不苟的字跡諄諄教誨。雖然我不記得信裡的內容，卻記得了這世上還有人慎重看待鉛字印成、沒有多少流量的報刊文字。

也有讀者看到早餐店拿我的文章來墊盤子，替我高興被更多人看見，也不捨這些文字就這樣流逝。因爲報紙是早餐店老闆訂的，我們也無法阻止老闆和客人把蛋餅醬油膏、雞塊薯餅的番茄醬灑在我臉上，但想成與陌生人共進早餐，也是作者特有的福利吧。

當早餐店沒了報紙和雜誌，客人各自滑動螢幕，我們隨時可以截圖，不受滑鼠右鍵的限制，更不必費力在鐵片打版。創作成了最廉價也最昂貴的娛樂，廉價的是稿費，昂貴的是人生。作者擔心沒地方發表，編輯擔心會失業或離職，工作不只是挑錯字、企畫，連發個限時動態都很現實，讀者不留情就滑走，直接刪掉軟體或帳號的也大有人在。卻也在此時，「編輯」從名詞轉動詞，在Canva、Planoly、Unfold、Printest——如果向天空大喊編輯之名，她應該是個魔法少女，由她決定我們哪裡該空行，換濾鏡，要不要舉辦有獎徵答，還是抽書？去哪舉辦座談會？流行Clubhouse的話，那今天該逛逛誰的聊天房？

副刊會不會也名詞轉動詞，或是換了名字呢？我們看著副刊長大，遇見了新的人，吃著隨時都有的全日早午餐，徹底忘了它的存在。但當我們凝神端視，是了，這不就是副刊嗎？人們在這裡相遇，或走上風光獲獎的舞台，或爬梳一條長長的歷史河道，激烈來回筆戰辯論，讓不可能相遇的人事物相遇。

……這一瞬間，若不是副刊降臨，那會是誰呢？

讓副刊再次開戰

林育德

老同學群組有人傳來一則連結：「打電話這個動作你會怎麼比？」——至少到我這個世代，下意識的反射動作是以拇指和小指比出六的手勢，但顯然新的世代隨著電話外型演變，新的「打電話」下意識反射動作，已轉變爲將手掌打平，平貼臉頰或耳際。眾人在群組七嘴八舌驚呼，果不其然出現許多哭喊「時代的眼淚」的感想。友人接著分享，因工作需要設計表單塡寫時，不再保留市內電話一欄，「因爲很多人根本沒裝啊」。

很久之前看過一則描述男子入獄多年後重獲自由的影片，他茫然走在街上，攝影組緊跟其後，問他出獄後，對城市和街景、路人變化的感想。他服刑四十餘年，對外界的一切變化和現代科技感到相當驚恐，「許多人正在自言自語」他說，而他並不知道那是手機，許多戴著耳機的匆匆路人讓他非常不適——在他被捕入獄的年代，只有司法情治單位的特工才會戴著耳機，因此他以爲滿街都是情治人員。不禁令人發想，如果再晚些日子，無線耳機逐漸已成主流的今日，他還能辨認出人們耳朵裡塞著的東西是耳機嗎？

身爲前文藝青年，雖然略知「副刊」稱呼的緣由，但始終列於心中分類的「主要」而不是「副」，畢竟報紙的其他版面，對我來說都只是訊息的集合，唯有副刊上的文字作品，擁有文學撥動心弦的能力和可能。如今我們身處「許多人正在自言自語」的時代，各種不同型態的社群媒體同時說話，每個帳號都擁有屬於自己的版面，「分眾」成爲顯學，就算是同一個網站或服務，你和枕邊人經過演算法，看到的將是完全不同的內容。在版面日益緊縮，傳統媒體似乎苦撐但仍未倒下的此刻，我試著想像未來的副刊，是不是有可能在分眾的現在進行式之中，保留一席眾人仍須到此的必要性？

回顧文學史上的論戰，副刊曾經是最重要的舞台之一，眾聲於主戰場集結、站隊、開火、掩護、反擊……近現代的論戰則如同戰爭演化，不再存有單一戰線，從陣地戰、焦土戰轉爲社群上的游擊戰、精準打擊，敵我更來自無法輕易辨認背後眞僞的帳號。

對未來副刊的想像，或許仍然可以是論戰發生的重要舞台，只是也許對戰的對手並不僅限相異的立場、言論或詮釋，而是在「後」眾聲喧譁（這個詞出現於世紀末，儼然實屬老派）的時代，成爲重新調動眾人／眾帳號心靈的弦與旋鈕，一處仍然爲文學而生，包容且充滿張力的空間和地方。副刊看似從屬於媒體旗下，但絕對擁有最獨立的受眾、最自主的存在理由。文學需要更多碰撞，副刊當然也是。

面對未知的未來，我們有「戰或逃（fight-or-flight）」的選擇，套一句怪獸電影裡的台詞：Let them fight.

老時光

栩栩

副刊的好，在慢，在老。

慢與老的好處並非朝夕間積累而得，幸而，這好處也不是一時之間便能察覺出來的。它比較委婉，如油墨滲潤，起初不過指尖沾附少許，來回翻閱，就印得到處都是。

回望我自己成長起來的九〇年代，眾人終日於網路上假遊蕩之名行群聚之實，現在想起來，那眞是一個承先啓後的時間點：前有BBS個人新聞台，後有臉書IG，部落格春筍般地冒出來，同爲文學愛好者，即使未曾謀面，也能迅速地產生連結。再後來，我們曾經的容身處一一傾毀，或拆或遷或下落不明，我們終於停下腳步，試著學習點閱率和觸及率，跟風抓流量，再晚一點，人設逐漸完備，大家都意識到這是前台了。

風雲劇變，回首來時路，居然，副刊還在。

副刊一直都在。時間軸再往前推一點點，八〇年代，當時南台灣頗流行訂羊奶，門口掛個羊奶盒，每日便按時送來。冬日早晨掙扎著爬出被窩，洗漱後下樓開羊奶盒，順手從下方的信箱抽出一卷報紙，動作不能不快，因爲姊姊和我都要搶，搶那罐巧克力口味羊奶，搶報紙的副刊。羊奶和副刊，當然副刊更好一點，羊奶喝完就沒了，副刊早上讀過一遍，下午放學回家，還能再打開重溫一遍。

其實晚上也有報紙，不過訂晚報的人少，況且單就副刊論，日報副刊版面大些，登稿的名家似乎也多些。我抱著一種近於粉絲的心情讀副刊，遇著有意思的專欄，就滿懷期待下周同一時間再見；遇著心儀的作家或好文章，仔細剪下來，背面塗膠水，貼在剪報本上。

遊戲一直持續到許多年後北上讀書，新城市新生活，報紙逐漸退居角落，偶爾露面，老朋友一樣，總是在永和豆漿或街角麵攤。

習慣的拋卻似乎比建立容易一點，然而曾經建立的習慣也會不斷回過頭來尋找你。再次養回讀報習慣，已是畢業後數年的事了，從數位切回紙本，竟意外舒心，大約人本來也沒有那樣多事可說可聽。醫院附設圖書館將報架置於入門處，每當我埋首於厚磚也似的醫學教科書卻不得其門而入，我便起身走向報架，稍作調劑轉換。圖書館平時造訪的人不多，唯一尖峰是午休時段，新進醫師們趁機來此補眠，然而不知何故，在一片此起彼落的鼾聲之間，我總是發現報紙被翻動過了，神態蓬鬆柔軟，邊緣微捲，飽吸了體溫與手澤。湊近細瞧，竟也有零星的劃線與註記，夾帶若干水痕和餅屑，不知出自誰的手筆。

副刊是公共的，然而在那公共之中，留有一點私人的空隙，於是搭燒餅豆漿也好，充作午睡睡前讀物也好，副刊總有一席之地，故而總能歷久。歌者不疲，時空遞嬗中真正老去的也許是我們，至於副刊，它的老與慢不只飽含時代與文化的good old days，於我自己，它像一則記號，時時提醒我一個年少靈魂，在最初，如何受文學吸引。

關於書寫與發表

盛浩偉

曾和一些寫作同行聊到幼少的閱讀寫作啓蒙，才發現眞的有不少人從小就習慣讀《國語日報》、隨著年歲漸長而轉讀報紙副刊及文學雜誌，始終透過報刊關注著台灣的文學圈，並很早就對投稿、發表有所憧憬，視之爲榮耀。這類成長歷程並不稀奇，甚至可以說最爲典型，但每每親耳聽到這類故事，都還是令我大感慚愧。如果說這是最標準的圖像，那麼我的經驗就可說是旁出的異端了：沉迷漫畫卡通，只讀通俗小說心靈雞湯，也未曾因此激起發表什麼的慾望，直到高中才因爲加入了校刊社，而開始接觸藝文活動，學習編輯工作，後來也就有了在報章雜誌上首次發表作品的經驗。

最初的幾次發表，就和聯合副刊有了關係。記得最早刊登在聯副上的應是台積電青年學生文學獎的得獎作——雖然實際上並不是第一次在報刊雜誌上刊出作品，但那時期的作品其實都是在差不多時候完成的。如今回顧當時的心境，必須承認，有很大一部分是出於和文學、和創作、和發表無關的動機；那說起來只是一種，太熟悉並內化教育體制內的競爭模式，因而也希望透過文學獎機制來肯定自己的心情罷了。大概也是因爲這樣吧，在那之後，也一直沒有特別意識到創作、邀稿、發表、被閱讀等等行爲有什麼特殊深刻的意義，直到和寫作同行聊起，才開始意識到這件事情或許確實不同於平常。畢竟不是人人都能夠在副刊這樣的空間裡，以文字，展示自我的內裡與存在。很多人書寫，就是爲了這件事，就是爲了被閱讀、被看見。我沒有懷著這樣確切的認知，卻在無意間走上這樣的路途，想來萬幸。

至於書寫和閱讀，說來實在奇妙。這兩個行爲，大概是人類非生物本能的行爲之中，最恆久不變的了。人類沒有必然得要懂得書寫與閱讀，就像人類大部分歷史上並沒有搭乘大眾運輸或是滑手機這些行爲；然而，懂得書寫與閱讀的人，卻從古至今都在做幾乎一模一樣的事情。某一群人，以及這群人的後代子孫，用著同樣的文字符號書寫，也用著同樣的方法來閱讀，理解。這會不會是人類所有發明之中，科技能力最低，卻又最能有效抵禦時間洪流的呢？書寫，當它在對的地方被留存下來，就能發揮這樣的效果。

如今，有許多網路社群、自媒體，「發表」變得更輕易，互動也更爲直接，相比之下，過往的雜誌、副刊，似乎顯得老派。然而不同於有實體的紙本，數位空間裡的一切反倒容易裂解，逸散。一個伺服器關閉、一次意外的停電或當機，很可能就什麼都消失了。而看似老派的發表，則像是在湍急的河面刻下一個明亮的記號，那麼確切。這麼一想，如果在未來，在報章雜誌、在副刊上，人們一如既往地，用同樣的方式書寫，發表，閱讀，沒有什麼劇烈改變——反而很好呀。

玄鐵年華

莊子軒

國中時，我曾投稿救國團刊物，單薄的小冊子，早先有名家賞析作品，沒多久封面就讓藝人占據了，那幾年飛兒樂團崛起，五月天當紅，我卻反覆聽著費叔叔，某專輯上頭他身著中山裝，膚潤髮澤，一派「文青」形象，無非就是最體面的模樣。

青春期該有多長？更確切的說，我有一份焦慮感，自覺沒時間「活成那樣的青年」，天裂彩石如雨，落地，燃燒，冷卻。青春就是逆生曝光，一瞬間毀了天地寧靜而成就一批人，像我像你也像他，都算少數，卻彼此認定：就是那個樣。

那幾年網路資訊不夠發達，從副刊知道「台積電青年學生文學獎」，投稿，得獎，抱著伏特加，在頒獎典禮灌醉其他得獎人，一腔酒氣與觀禮的周夢蝶淡然擦肩。高額獎金讓我錯覺一輩子都不用努力了吧？不用考大學，不用談戀愛，不用成長與衰老，「青年」該這樣，如天色蒼藍幽深，幾近於髮瀑之玄黑，吸納萬物的顏色。我擁有太多，多得以為能稀釋時間帶來的焦躁徬徨。

得獎。在聯副發表作品。文字被複印，流播而出，彷彿牽引當時的我翻出校園高牆。多年來，我習慣從厚厚報紙中抽出副刊，似乎「聯副」與「聯合報」並不大相干，家人們對副刊也懷抱一份情感：名字出現在這兒，應當好過登上社會版。

去年，和寫詩的L談天，他對作品發表形式有獨到看法，私下在同好之間傳閱，叫作「裸奔」，大概像裸湯共浴的概念，文字往往更接近初稿狀態，熟稔的朋友不必太顧慮情面，揮筆批註，或者當面相詰，互動中，友善交流難免擦槍走火，變成切磋較量，L告訴我，有一回採訪台灣元老詩刊的前輩，分享選刊詩作的經驗，前輩曾逕自把同仁作品修改數句，隨之刊出，朋友得知老大不高興，兩人差點拳腳相向。

逸離詩刊的同溫層，在副刊發表，朋友稱為「打卡」。

「我們是廣義的同事！」確實，在光纖炫目的年代，有些人依然固守一方，鍊字如黑鐵，時間中靜靜淬火……

遠方的鼓聲

林禹瑄

過了三十歲，最先衰退的不是記憶，反而是對未來的想像力。十幾年前的自己，大概從來沒預想過這節，每天勤勤懇懇地記下生活瑣細，就怕哪天記憶起了背叛之心，將人生徹底竄改一遍，無處得以回望。當時還不懂得，回望的意義不僅在於確立現在，也爲了虛構未來。人近中年，夢想家長成了歷史學家，應該向前眺望的時刻，總忍不住要在記憶的石堆裡翻翻揀揀，找到占卜的證據。

很難說這樣的生命狀態是來自對不可知越來越多的膽怯，或是過去三十多年人事轉變之無常成爲平常所帶來的世故。一個大學校內的交友網站，在十年間擴張成取代主流媒體、左右各國選舉的巨獸平台；以爲已經撤走的鐵幕，在更爲複雜的世界裡重新緩緩下降；一隻病毒癱瘓全世界整整一年之後，眼看還有第二年甚至第三年。當現實的曲折一次次超越預期，想像便顯得力不從心，任何嘗試接近永恆的定律也變得可疑起來。

又或許除了文學。

十幾年前，在南部的小鎮剛剛開始寫作，撥接網路連線的時間被限制在每周一小時，與當下文學世界的連結，大概就只有每天早晨出現在信箱裡的聯副。那時印在報紙上的姓名彷彿都會發光，在深邃魅惑的文字宇宙裡，召喚我和其他同輩創作者飛蛾撲火般地一次次寄出稚嫩的稿件，然後承受生活裡最大的希望與失望。某次遭到退稿，讀到據說是梭羅《湖濱散記》裡的一句話，一瞬間又喚回了對寫作的信念：「有些人步伐與眾不同，是因爲他們聽到了遠方的鼓聲。」

與眾不同極有可能是年輕時傲慢的偏執，但遠方的鼓聲卻是眞確存在的。隨後的幾年，我們這些聽見鼓聲的人，終於一個個拿了獎，登上副刊，在台北各處大大小小的講座和典禮上遇見印象裡閃閃發光的名字。耳裡的鼓聲愈發堅實，在生活中擠出的寫稿間隙敲敲打打，像一個承諾。

我曾以爲我會一直留在那裡，一步步接近鼓聲的源頭，直到生命一個轉折，去了地球的另一邊，有時打開電子報，上面的文字在眞正意義上成了來自更遠地方的鼓聲。鼓聲裡有時仍有召喚，更多時候卻像是報信——不少曾經熟識的寫作同輩，如今都成了擊鼓的人，有人穩定地發表新作，有人的名字極偶爾地閃現，到底都是一種令人安心的音調，使我在荒廢寫字的日子裡，還記得心懷愧疚地削著筆尖，揣度如何將平安的信號發送回去。也是在那時候意識過來，梭羅寫的其實是「如果一個人無法跟上同伴的腳步，也許是因爲他聽見了不同的鼓聲」。

於是當陌生的年輕名字開始在副刊上出現時，我揣想他們也和我們當年一樣，從某個無法確知的時刻開始，聽見了遠方的鼓聲，便急急在寫作路上奔跑起來，相信自己終有一天也將成爲擊鼓的人。如此循環往復，下十年，下下個十年，螢幕代換紙張，也許會再有更冰冷機械的東西代換螢幕，鼓聲持續敲擊，就有人能聽到。

荒涼與豐饒

陳柏言

當你提起「聯副」，在我這個已經不大中用的腦袋裡，第一個浮現的圖景，竟是「荒涼」。是的……，你沒有聽錯，就是荒涼。也許，那並不代表什麼，甚至無法當作是「我輩作家」的意見。我總是懷疑，所謂「荒涼」，會不會只是我個人的觀感？每回造訪那迢遙的，位處城市邊緣更像是重工業區的報系總社，總是在大熱天的中午時分。我在聳高到讓人害怕的大橋底按鈴下車，小心翼翼貼著路肩行走。日光霸道，除了要閃躲混凝土攪拌車，還要注意地面的坑洞，破損的水管，家具，以及看起來腿肌驚人隨時會奮起的野狗（毛色是亮眼的黑）。每回走那一小段路，總是膽戰心驚，眞好比某種「天路旅程」——或者那更接近「跋涉」與「朝聖」？也許那正說明了，何以當我見到那幢以白牆爲主體的建物時，竟浮昇洪荒宇宙裡終於找到太空站的感受。我走去跟警衛說明來意，那看不清楚面孔的先生，總會心領神會的放行。那往往是周末的午後，整幢建物都是暗的，每個辦公室也都空空蕩蕩。編輯先生會自那深靜的洞穴裡走出，帶領著我（乃至於其他同行）繞行過檔案櫃辦公桌的迷宮。「只要大聲叫喊，必定會產生回聲」，坐在一樓的超商喝咖啡時（這好像也是必經行程），我這麼想。但我從未這麼做，就好像，正常人類並不會在圖書館或教堂裡這麼做。

記得更早前的一次，我報給太空站警衛先生的說法是：「我是來拍照的。」那時，他才鮮見的補問一句：「是來聯副嗎？」那次，是爲了一個高中時代得過的文學獎宣傳。我們幾個大學生，穿著高中制服（那時我們熱心於「制服日」這樣的活動），在攝影棚追趕跑跳。善心的編輯先生說，你們可以組成文學偶像團體；我們則大笑，自嘲根本是過氣文青樂園。似乎只要關乎時間，必然都是荒涼的故事。二〇〇八年前後，當我十七八歲還是個南部理工高中屁孩時，曾三度造訪過還在信義區的報社舊址——兩次是爲了領獎，一次是和評審的閉門會面。我還沒臆想到，我將在台北城度過如何漫長的時光；也未能意識到，那樓房即將整個消散。而讓我始終感覺怪異而尊敬的，是遷徙到城市邊緣的聯副，還是十年如一日的產出文學。所以我說，那是荒涼。卻是充滿生產力的荒涼。一種豐饒的荒涼。

我很開心，許多年後我們仍能坐在這裡，喝著咖啡，就像過去完成工作後一樣。我有個奇怪的感受：也許，時間並沒有過去，它並沒有眞的改變什麼。聯副仍日復一日的出刊，世界仍如此喧譁，而文學依然荒涼。然而我仍會說：也許持續保持安靜，荒涼，終能浮現一種莊嚴的感覺。

Minority Report

蕭詒徽

不覺得小說影劇裡那些大錯特錯的預言值得疼愛嗎？譬如《關鍵報告》裡地鐵上一位路人捏著一份高科技報紙，紙上新聞即時翻新，照片會動，然而它竟然依舊木木訥訥地是一份四開大小霸占雙手猶半遮面的報紙。二十年後我們都曉得未來不是這麼回事，電影的假設顯得笨了，讓人耽於自己所活的現實贏過一部史匹柏作品的優越感。然而那個猜錯的未來是那麼誠懇。於心不忍之餘又想：現實也許沒有錯，但它並不比較好。

隨便說，未來的副刊應該要是透明的。像Jeff Wall那張著名的試衣間照片，畫面裡沒有理應存在的鏡子，沒有鏡子裡理應穿幫的攝影機，當然沒有廉價的單向玻璃把戲。我們看到一個女人正脫下洋裝，發現我們的目光面向她身後的簾幕，意識到我們看到的畫面是鏡子本身看到的畫面，而非它所映照的。那是一張不可能被拍攝的照片，因爲攝影機不可能不存在。然而Jeff Wall完成了它，使它成爲一個問題。不要讓人閱讀一面鏡子。讓人像鏡子一樣地閱讀。

這是一種。

隨便說，未來的副刊應該要會痛。先是Freud說：「文明是對於本能的壓抑。被壓抑的會變成症狀。」然後是Fromm說：我們的認知是被形塑的沒錯，但不代表我們身體沒有它本有的東西。Fromm希望我們注意一切非理性之展現，我傾向將其擴大解釋爲對醜陋的永恆容許。注意我們在應付的一切皆包含「我們有身體」的事實。最後注意自由不只是心靈的問題。否則，想像力就淪爲說謊的能力。這是一種。

未來的副刊應該是差異的。不一樣的讀者，得到不一樣的內容，這聽起來像地方版的幽靈，但我想到的是一種權威的式微：爲什麼在一千個人的Spotify裡有一千種歌單的同時，每天抵達各地的副刊依然是同一份？同時我承認自己樂於利用群眾固有的瑕疵：一旦不只一種，就想要蒐集每一種的那種。

未來的副刊應該偶爾是空白的。像鄭先喻《sandbox》的展場，駭進每一部進入空間的手機，根據觀展者的移動傳送相應的簡訊，簡訊裡說明此刻你看見的展品是什麼；然而展場裡什麼也沒有。

未來的副刊應該是未完成的。這其實有點復古，畢竟Keri Smith的《做了這本書》已經是十年前的書了——版面某處空白旁的指令：「赤腳踏進離你最近的泥地，然後在這裡按下腳印。」或者抄襲小野洋子：「決定一個金額，想像你用那個金額買不到的全部東西，記在這裡。」世界將被這張紙分成兩半，一半是會照做的人，一半不是。未來的副刊應該勇於將這個世界分成兩半。一半是讀者，另一半不只。

當然未來的副刊不該是一張紙，但它不會是相差太遠的東西。它是限定範圍之後的產物，像景框不可能框進一切；它是可以挪作他用的，像人們撕下過期的雜誌包水果。不覺得一張費盡傑出的心靈所安排的詩句被拿來保護一顆芒果這件事，值得疼愛嗎？原本只具備特定功能的事物，眞正成爲生活的瞬間。我喜歡站著看完ＡＴＭ吞下我的提款卡之前播放的那些廣告，它們的企圖如此欲蓋彌彰，與美無涉，卻因而逗笑了我。企圖從來不是結果唯一的原點。

未來的副刊應該依舊爲少數人服務，但所有人都是少數人，未來的副刊應該就是明天的副刊。

預約下一場緣會

詹佳鑫

想像未來的聯副，是十分古典的命題。

且讓我從過去說起。二〇一一年五月，學測應已放榜，忘了何處曾見「台積電青年學生文學獎」徵稿訊息，想把握機會，為十八歲留下一首詩。打開word，腦海浮現台北車站入夜的補習街，喇叭轟鳴，霓虹閃爍，裡頭有一個小小的我，斜背墨綠書包低首疾行，在十字路口的青春潮浪中漂流。那是〈馬賽克尋人啓事〉的背景雛形，一場尋找模糊自我的內心戲。

一年後，某日收到聯副來信，希望邀請幾位學長姊到攝影棚，穿回高中制服，拍攝下一屆文學獎宣傳海報。正如所有對美好事物的想望，無非是懷抱著愛的。往後幾年，陸續參與聯副各類評審記錄、選手與裁判座談會、作家巡迴高中校園講座、全國高中文藝社團採訪、台積電文學新星專刊……

層層疊疊，像洋蔥，也像高麗菜嬰仔，都是時光命題。

在懵懂的青春隊伍裡，聯副牽起許多小朋友的手，給他們稿紙，給他們筆，以及溫暖的守候。這是我對聯副的美麗印象。而印象，亦交錯於未來與現在的對視中：我會站在哪根跳動的秒針上，眺望那穩重的時針？若慢慢走成了時針，那些小秒針又會如何與我擦身，一圈又一圈，在文學的苗圃裡踏出新的足印？

我想像中的聯副，是慢的。像午後陽光穿過樹梢，緩緩爬上花窗，輕撫過橘貓蜷縮打盹的身子，在書桌投下淡而雅致的浮水印，搖曳一方溫煦。宛如細緻手工藝，不論作家或編輯，對文字懷著一份敬慎與誠意，在時光的筆畫中，有斟酌、有盼想，是一杯細細磨煮的精品咖啡，凝神手沖，香韻繚繞。

我喜歡聯副「慢慢讀，詩」的專欄標題。社會浮動，人心難安，而那彷彿是對高速未來的預言——一個尚待琢磨的慢意象，輪廓朦朧，飄浮空中。你必須用心凝視，才能參透（或部分藝術性保留）。

電影《時光機器》裡，VOX-114是一名光學合成的知識解說員，在八十萬年後的紐約圖書館意外與主角重逢。在那一幅受損的晶片玻璃背後，我想問他，「newspaper」還在嗎？人類用什麼讀文學？「news-」後端或許連結了新的載體（此刻假設什麼都顯得老氣），屆時，是否有人還記得唰一聲翻頁，記得報紙油墨，印在指腹螺旋裡那樣的浪漫？

我想像中的聯副，十分古典。而那不純是物質上的。儘管從紙張到各類數位視覺化裝置，甚至想像未來空中隨手比劃、心電感應得知消息，我仍相信文學有人寫，有人編，有人看。或許我們將迎來生產與傳播疆界的消融、敘事藝術與美學機制的革新、載體物質與閱聽習慣的改易……但文學內部的深情與長考，終究難被取代。

且讓我誇張設想：在那迷惘的十八歲街頭，有個外星人在平行時空中，亦迷惘地與我擦身。十八萬年後，外星人們投稿到地球，轉譯出巧合的故事。那時，地球文學將是宇宙研究的一門專業學科，而有關副刊的人情點滴、美麗緣會，依然在時光的長路上悄悄醞釀，悠悠相隨……

二十四歲老之將至

蕭信維

前天吃藥不知道哪根神經不對，開了藥包就把或膠囊或錠狀的藥丸子一股腦的倒進盛滿水的杯子裡去。你盯著水杯，藥從水底盯著你，一秒鐘，裂解，兩秒鐘，溶化，三秒鐘你急急地連水帶半溶未溶的藥滾落進你的口腔，喉管，乃至於毫無味蕾的胃腸。又趕忙著倒了一杯新的水，停頓，用舌頭掏挖臼齒的巢穴，沒有碎粒，沒有苦的知覺，不必再喝。

七歲藥一顆一顆吃可以吃半小時，十七歲還是一顆一顆但可以連續投擲，二十三歲人生最大進展是一張嘴七顆苦藥不皺眉。你不敢置信你九十四歲阿公抓起一把降血壓降血糖心臟病服腦清還有什麼你也不太清楚色彩斑斕糖果咔滋咔滋放進乾癟口腔，悠緩緩地，不要緊似的，喝了一口水，你探頭探腦發現水杯裡的水沒減多少，你懷疑他只是抿了一口潤潤嘴唇。你還記得你第一次看兒科拒絕了醫生給的閃亮貼紙（重點不是貼紙而是拒絕本身），第一次吃完一份完整的排餐（儘管事後飽脹難當），終於踮著腳尖拉到捷運的吊環。你也記得逐漸開始排斥太吵鬧的場合，開始懂得有時候是吃食物而有時是吃氣氛，愚人節再也沒辦法眞誠地爲了善意惡意的謊言發笑，面無表情地殺死一隻你從前畏懼萬分的蟑螂。而在不知某月某日的早上，你需要躺在床上花更多的時間起床。

你最終還是整理好自己蹣跚地離開床鋪，到餐桌打開一瓶瓶裝米漿，看著桌上一早送來的報紙慶幸自己還在習慣摸得到紙本的年代，但你其實也不會讀它，紙價日益飆漲但眼球願意容納的方塊字越來越少，你點開手機然後開始滑，有時候是腥羶色的小道消息有時候是寓言式的政治新聞，你追蹤的幾個文藝帳號會推播散文與詩，大部分都讓它像夜市金魚那樣溜走，少部分會抓住你，你深知下個世代的人類手指會更適宜操縱滑溜的螢幕而眼球自備濾藍光。手機螢幕跳出訊息邀請你撰寫想像未來的聯副，然後你才發現聯副已經七十年來自於自己從未參與手寫稿件的年代，你想寫一個賽博龐克聯副二〇九一卻發現一場疫情使你失去了預測未來的能力。

你一廂情願地相信紙本雖然會消失但副刊的精神會比人類把大腦上傳至雲端還要快一步地全面移植到網路世界。在虛擬中滿足一種殖民星球的幻想。你知道當你腦裡絮絮叨叨尚未停止前副刊便不會死。它會像你九十四歲吃著藥丸打完疫苗活蹦亂跳吃豬腳的阿公，那時候我們已經不再提及老，我們沒有藥物也沒有對於長大或衰老的想像，二〇九一你在每一個醒來開機的早晨反覆覺醒：願意思考的人就能在心底寫下二〇二一我們稱呼為文字的東西，那時候你還害怕老之將至，但追上時間你卻發現自己永遠年輕。

陽光依舊燦爛的時刻

宋文郁

我第一次翻開《聯副》，是很小的時候，躺在透天厝三樓阿姨的床上，在她曬衣服、澆花的時候，隨意翻看那些散落在她床上的報紙。

當時大概連字都讀不太懂，注意力只被色彩斑斕的插圖吸引。即便如此，我仍享受著手指摩挲過紙面的感受。

陽光燦爛的下午、阿姨背對著我澆花的身影，還有那個我還不甚理解的斑斕世界——那便是我對《聯副》最初的印象。

隨著我慢慢長大，我時常在電視、電影上看見有人在看報紙，但看著報紙的大多是戴著眼鏡、學識淵博的男人，或至少是迫切想評論時事的男人，很少看見一個打理家務的、在家中照顧父母的中年女人——也就是我阿姨這樣的女人，在電視、電影或小說裡看報紙。這讓我對報紙的印象產生了矛盾，一方面，它似乎總被理所當然地認為是陽剛的、艱澀硬核的，但在我小時候的印象中，卻也總隱隱記得阿姨在房間裡聽著收音機，躺在床上翻閱報紙的模樣。

一次，我忍不住問她：「阿姨，為什麼妳喜歡看報紙啊？」她愣了一下，許久之後才回答：「因為……讓我覺得跟其他人多一點連結吧。可以看見別人生活裡的一些故事。」

那時我才想起，阿姨時常在飯桌上講一些小故事，例如夫妻之間的趣事，或是某人回首人生的感觸。她說這些故事時總是如數家珍，問到她從哪裡聽到這些故事的？她總說是在《聯副》上看到的。

其實阿姨已經照顧外公外婆幾十年，至今單身，和過往的同學也早已漸行漸遠。在她有些孤獨、單調，日復一日的生活中，副刊是她與世界連結的節點，使她能透過紙頁上的絮語，潛入他人的生命，體會自己未曾經歷過的那些，有時也感同身受。她在房間裡看報紙的時刻，在我眼裡，總像是在將頭稍微探出生活的水中，徐徐喘息。

隨著電子化時代來臨，報紙也漸漸轉為浩瀚網路世界中的符碼，阿姨敏感地察覺了這樣的變化，不只一次拿著手機和老花眼鏡，到房間門口問我：「手機現在是不是也能看報紙了？」

我有些敷衍地告訴她一些基本功能後，阿姨喜孜孜地說謝謝，回到她自己的房間。有幾個下午，我偶然經過她房間，看見她聚精會神地抬起老花眼鏡，盯著手機，不禁想起小時候的那些下午，我躺在阿姨的床上，第一次發現《聯副》上那些由無數人生命和記憶勾勒而成的繽紛世界。

這十幾年間有許多事情改變了，例如我們養了貓，現在貓會在阿姨看報紙時在一旁靜靜守候；例如我們搬了家，阿姨不再需要替那一大片猖獗綻放的花草澆水。但也有許多事情始終沒有變過，例如阿姨在飯桌上講的那些從副刊上看來的故事，還有我仍然喜歡在閒來無事的午後躺在阿姨的床上，看著她看到一半的報紙。

想像未來的聯副，我想那依然會是一方陽光聚集的地方，匯聚著人們的生命與記憶，溫柔接納每個翻開紙頁的人，在午後餘光依舊燦爛的時刻。

演算法是更貼心的命中注定

葉儀

傳統媒體業的黃昏時刻來臨了。近幾年這句話成為無需言語的默契、感嘆時代的發語詞。從我升上國中以後，家裡那格用以存放舊報紙的收納櫃就停止了新報的疊放，剩下的庫存用以包裹菜葉、清理積塵的窗戶、收妥碎玻璃的尖銳。不知不覺，收納櫃空了。當阿公不再塞十元讓我去便利商店跑腿，我曉得自己已經被不可逆的洪流輕輕沖走，很輕，所以也不覺得惋惜。這個年紀的大學生多半是這樣，卡在一個尷尬的階段，懂得有些發展是必然，又不能說自己真正參與過，像大隊接力的啦啦隊，是班裡的一員，卻不知道要用什麼身分跟參賽者一起歡聲雷動或熱淚盈眶，跑的人不是我，贏或輸都只是站在中心旁觀的其中一種。

然而紙本媒介存亡與否的論戰之下我經常在想，會因為一首詩而買下整本詩集的人，會不會因為一篇文章買下一份報紙？我想還是會的，那是人們對於實體化思緒的一種眷戀、想要確定自己擁有什麼的偏執。這種執念卻受限於報紙二十四小時的時效性，我經常在臉書上看見別人轉貼，才後知後覺自己錯過了某一天的經典，與收藏絕緣。在新媒體的浪潮之下，將閱讀習慣轉移到電子設備上已經是見怪不怪。聯合報副刊作爲一片文藝工作者自由播種的淨土、生活樣貌的集錦，在臉書粉專上、電子報網站上，讀者仍忠實地執行剪報的習慣，不過是換成瀏覽器的一顆星星黏上，以書籤列取代之，又或者直接分享、將連結暴露在臉書的個人頁面上，喜好一目了然。也許是因爲知道死的只是紙，報會繼續存活，因此在頑強的自我意識底下，我主動執行了讀與不讀的判決，每日的選文不再照單全收，專欄被肢解得更加零散。

因爲閱讀習慣的改變和偏食的胃口，文章篩選的機制與機運對我來說格外重要，身爲一個投機取巧的讀者，用更加便利的方式餵養自己的慾念一直是我所期待的未來。替讀者推播相應的選文、奉上客製化的書單，個性化的演算法聽起來很強勢奸詐，對老派文青而言更是會減少許多偶遇的浪漫與樂趣。以爲是歷經千辛萬苦才找到的命中注定，到頭來卻是一場縝密精心的算計。人性拉扯，想要吃更多合胃的餐食又害怕營養失衡，如何抉擇？可能還是得回歸到副刊所收納的文章是爲何而用、爲誰而寫。經過編輯細心的揀選，世代間的生活、情感、文化、社會結構變遷，都因爲自由投書的機制，以藝文色彩濃厚的形式被投影出來，每一期的主題徵稿都在更新對於自我、對於社會的認知，要是那些精采的作品被淹沒在無邊無際的資訊汪洋裡乏人問津，那就太悲傷了。因此站在一個渺小的、懶惰的讀者的立場，我希望我喜歡的文章能夠被海流飄送到我面前，像失戀時打開一個深夜電台，裡面很一致地播放好哭的歌單，我想我需要的是在文章的情緒裡面找到一種共鳴，在剛好的時刻出現，重新對文字上癮，這是我對於聯副未來的想像中最自私的任性。

繽紛的天空

輯四

往社區走，觀點更繽紛

須文蔚

在網路社群媒體興盛的年代，取得資訊雖然輕易，隨之而來的就是有關內容嚴謹度、正確性以及美學價值的質疑，日前在一場演講中，資深新聞學研究者陳世敏強調，傳統的報紙依舊維持嚴謹的編採流程，是對抗數位時代虛假、錯漏以及貧乏資訊的最好管道。而在報紙中，能夠定期出刊的副刊日益凋零，「聯副」與「繽紛版」就顯得更爲珍貴，堅持選刊經典文學作品，表彰新秀創作，評論文學與文化現象，關懷世界與社會的變遷，絕對是不容忽視的人文風景。

相較於國外的報紙副刊多只登載書評、文訊或雜文，「聯副」與「繽紛版」就顯得偏重文學創作的刊載。「繽紛」作爲「第二副刊」，在2010年之前一直扮演「聯副」的延伸角色，分工上以生活、校園、工作等多彩的觀點爲主，文字依舊重視文采，篇幅短小，甚至長期刊登主題徵文，讓讀者能輕鬆閱讀、投稿。細心的讀者一定發現了，「繽紛」在2010年後，版面上的文章環繞在追溯台灣鄉土歷史與旅遊交流衝擊爲焦點，固定出現的主題有鄉土故事、背包客經驗談、學生兩岸交流的衝擊以及台灣各地行旅的祕徑，大批新銳作家現身，以短小精悍的專欄與雜文，爲副刊的現代化開闢出一條新的道路。

近幾年「繽紛版」的專欄作家邀約與主題企畫上，專注在紀實書寫，聚焦在社區營造、生態動保、校園生活、新住民等議題上，顯然「繽紛」的編輯群掌握了當代社會變遷的動向，隨著本地文化愈來愈不重視溯源尋根的思維，而是趨向文化研究者霍爾（Hall）所說的「差異的政治」（politics of difference）議題，各界關注的多爲族群、城鄉、性別、生態與職業差異狀況下，所帶來的社會衝擊，而藉由書寫、關懷與行動，將有助於大眾一同思索，如何在眾多不同的立場中，思考在科技、經濟、政治與歷史的浪潮下，探詢自身：「我們已經變成什麼？」（what we have become），進一步尋找安身立命的位置。

就在2015年六月，「繽紛版」相當具有號召力的活動「交換故事見面會」，第一次移師台中霧峰，以「我們讓社區動起來」爲主題，由前任繽紛版主編小熊老師（林德俊）邀請了一批在地社區暨文化工作者：孫崇傑（小毛）、林錫銓、簡宏哲、何佳修等參與座談。其後，社區書寫就成爲版面上重要的旋律，在2016年小熊老師就以〈地方學，學什麼〉一文記錄當時興起的社區營造工作，熱情的大學教師與社區合作，帶領學生蒐集地方文史資料，藉由口述歷史法訪談耆老，傳述故事，強化當地生活美學的內涵。林德俊以感性與語言爲「地方學」下了個定義：充滿理念的社會實踐，來自一顆又一顆「爲了土地」的心，「大心」的聚合，引導我們重新觀照人和地方的關係——你是哪裡人？你生活的所在是什麼樣的地方？它爲你帶來了什麼？你又爲它做了什麼？

期待更多大學、教師與學生都能重視這門學問，社區民眾則不妨「補修」一下，讓地方學的種子能播撒在台灣各個鄉鎮。

記得在2016年末，我收到「繽紛版」主編栗光來信，邀約我在過年後的三月爲「青春名人堂」專欄供稿，隔周刊出，半年爲期。我提出想報導在花蓮、宜蘭偏鄉推動數位機會中心的故事，栗光很肯定這個方向，於是我就放心把科技變遷、數位正義以及城鄉落差一系列的故事，以社區民眾爲主角，陸陸續續採訪寫下，透過《聯合報》分享給更多讀者。

台灣偏鄉的落後超乎想像，加上少子化，原本就缺乏青壯人口的農村與部落，在高齡化社會浪潮的衝擊下，發展的停滯使得競爭力下滑，更不要說繳一樣的健保費，花蓮民眾的平均壽命要比台北市少了接近七歲，眞是情何以堪？

我和夥伴們一直努力普及數位設備的應用，希望帶給老人家和孩子社群通訊、文化記錄、直播銷售以及健康照顧等各種新科技，消弭數位落差。在書寫這一系列專欄時，我受益於陳映真先生所說向社區朋友學習的精神，從底層人物的創意與努力中，找到翻轉弱勢的動力。不過，我不打算和傳統的報導文學那樣訴諸悲情與批判，而是以持續實踐與看見機會的角度，寫下一個個溫暖的故事。

好幾次，專欄中介紹了輔導的社區達人釀造手工醬油或製作手工藝品，或許是文字中透露的認眞與樸實感動了讀者，社區甚至縣府都接到熱心讀者詢問的電話，希望能透過消費協助他們成長，讓他們的夢想能夠成眞。也印證了傳播學大師馬奎爾（McQuail）強調，媒體不但具有教育、告知、娛樂、守望的功能，更具有動員的力量。當「繽紛版」披露了更多社會角落的故事，不僅喚起了大眾的同理心，也讓我們看見更多實際協助偏鄉的行動力，證明了副刊依舊具有相當大的影響力。而我也從原本答應的半年，多次「續約」，竟寫了長達兩年，這是我寫專欄的經驗中最特殊的一次。

閱讀「繽紛版」近來更爲青春的社區書寫，無論是許子漢帶著「秋野芒」的大學生劇團，踏遍偏鄉小學，讓兒童有機會欣賞現場演出的戲劇，也藉由精釆的故事傳達生態保育的理念。又或如楊富民的「豐田故事」，從在地青年的生活、社造經驗中，讓長輩在看似靜止不動的歲月中，敘說故事，追憶往事，藉此重拾活力，雖然讀來總閃現著惆悵之情，也呈現年輕人不服輸，頑強對抗難以扭轉的劣勢，不熄的熱情。

值得矚目的還有來自高中校園的教師身影。108課綱實施後，中學國文教育更重視素養教育與跨領域教學，文學課程選讀區域文學，讓在地作家作品在課堂現身，早已不是新鮮事，國文、地理和公民科老師一起合作文學走讀，更讓文本有機會立體展示在學生的生活中，在「校園超連結」單元裡，讀到陳昱文老師〈踩踏出太平洋臨港線的小旅行〉，學生一路朗讀作品，讓文字和風土一起流動在旅程中，旅行最後參觀了一間獨立書店，陳昱文說：「隔日有孩子特地到書店找老闆聊天買小說，談論自己的寫作夢，這讓我開心不已，好像整個旅程還在他的身上繼續行進。」文學能成為中學生的地圖，指引他走向創作與書寫的道路，一趟小旅行絕對是一個文學青年的一大步啊！

當「繽紛」走向當代文化的歧路花園中，無論是社區關懷、動物保護、移工與新住民等題目，相信每位作家都有著生動的故事在眼前展開，當看見人間不平事後，以更繽紛的文字書寫下來，呼籲更多公民社會的行動，促成改變，也讓讀者更相信文學的力量。

圖／Emily Chan

不存在的節日：如果有個繽紛節

小熊老師

國語詞典給「繽紛」的解釋爲：雜亂而繁盛的樣子。繽紛經常用來形容美好事物，所以即便雜亂，也是亂中有序那種。陶淵明〈桃花源記〉：「芳草鮮美，落英繽紛。」即便花落，也是飄逸姿態。所以，繽紛，會不會是一種看世界的角度？這角度相當強大，足以把悲傷和哀嘆昇華。

一讀到「繽紛」這個詞，我的腦海中馬上浮現彩虹、萬花筒，以及點點女王草間彌生的藝術作品。如果是糖果，應該來一把雷根糖或QQ小熊軟糖。如果是電影，當然要看載歌載舞的浪漫愛情片《La La Land》（樂來越愛你）。

五顏六色，視覺的興奮感是必要的，但又不止於此，聽、味、觸、嗅乃至第六感，都有活潑躍動的繽紛時刻。繽紛的感覺大抵是年輕的，但絕非青春的專利。誰說少女漫畫只有少女能看！誰說大齡女子不能做亮麗打扮！經常繽紛的人，才是眞年輕。夢想與快樂之泉，就藏在繽紛裡。

如果您不識繽紛爲何物，不妨去讀一讀它。有一份報紙的副刊，其中一個

圖／Noveala

版便以「繽紛」爲名。建議每回擷取，以一個完整版面爲單位，那才有綜合拼盤的愉悅。出入繽紛園地的，各年齡層都有，無論作者、讀者或編者，對於世間萬物保有旺盛好奇心，勇於追求美好，樂於分享感動。繽紛的人，常被同樣繽紛的人感染，一起愈活愈年輕。

如果有一個節日，讓繽紛的人普天同慶，讓有心嘗試者在這一天學習繽紛、體驗繽紛，那麼，這一天可以怎麼過呢？我們趕緊到過往的版面企畫找靈感。

繽紛版曾邀請作家們發想「不存在的節日」，訂定節日名稱、慶祝方法……譬如從父親節母親節聯想到「兒女節」，或從什麼節聯想到該有個水果節、動物節、單身節……也可以無中生有自由創發一個應該存在但尚未誕生的節日。作家陸續登場後，有些節日點子也來自讀者主動投稿，大概是靈感的連鎖效應，好文章會吸引好文章。

搜尋自己的閱讀記憶，加以網路爬梳，我找到一些節日發想的紀錄（果眞有網友設立專區收藏這批文章）。有充滿溫度的擁抱節、睦鄰節、贈送節、寫信節、姊妹節、老朋友節，有告別什麼的放下節、敵人節、分手快樂節、扔掉煩惱日，有「暫停一下」的休眠節、關掉臉書節、關掉手機節，有以食物爲主角的便當節、蔬菜節、珍珠奶茶節，有族群特定但粉絲眾多的貓咪節、阿宅節、國際粉絲日，有盡情歡欣的放縱節、唱歌節，有關於懷舊的玩具節、失物節，有濃濃書卷味的曬書節、獨立書店節，有「享受一個人」的孤獨節、My Day，有注重健康的喝水節、腰瘦節，有標榜某物的雨傘節，有打破完美的完蛋節，有大膽裝年輕的年輕節，有閃掉過年氛圍的閃年節，還有種種不易用三言兩語提點描述的：模仿節、密碼節、戰鬥節、倒數節、結算日、不科學節，連「第二個家」、「沒過節」都能成爲節日主題。

如果有個「繽紛節」存在，那麼在這一天從事「生活的想像力運動」就是過節的最佳慶祝儀式，譬如發想一個「不存在的節日」，用文字、錄音、錄影、繪畫或任何你喜歡的形式把點子記錄下來。喜歡熱鬧的人，就約幾個朋友來個主題聚會吧！若受困於疫情而被迫宅在家，線上聚會很可以，網路串連模式要極盡繽紛之能事。

繽紛節的吉祥物由五色鳥和八色鳥競逐。「五」呼應金木水火土，不妨順勢推出五行糖果和五行串珠。「八」與「發」諧音，節日點心理當是甜八寶。繽紛節可以訂在1月1日，與台灣解除報禁同一天。不過這天剛好是元旦，如果怕撞節，改訂在6月16日也不錯，616即「遛一遛」，靈感遛一遛。

每年可以有不同過法，有必要組一個繽紛節委員會來商討每年的慶祝辦法。如果繽紛節持續壯大，可以設中央指揮中心，歡迎地方分部不同調。下一年不妨來玩「跟著達人過一天」，跟著某領域的專業者或有經驗的人，從旁觀察或扮演輔佐性的角色參與他的一天。如果是跟著街貓過一天，很有機會達陣。非人類或虛擬人物，可爭取繽紛節委員會從寬認定達人對象。如果是跟著李白、李慕白、李爾王或李麥克過一天，那得憑藉高超的想像力才能走完一日行程，飽滿的閱覽是想像力的重要基礎。如果是跟著繽紛版主編過一天，嗯，繽紛節，繽紛版主編應該是放假一天的。

得到最多療癒的人

小熊老師

1988年台灣解除報禁，報紙掙脫張數限制，各報紛紛增張擴充，包括更多「軟性」版面，台灣最早的第二副刊「繽紛」版便在這樣的時代條件下誕生了。相較於第一副刊「聯副」的知識分子性格和嚴肅文學取向，繽紛版以刊登讀者生活經驗爲主，拉近了讀者和報紙的距離，是一個親和性極高的版面，那種閒話家常的氛圍，特別令人著迷。

伴隨著社會多元開放，大眾如悶鍋掀蓋，好奇各種新鮮事，也更有發聲衝動。面對接下來媒體同業（報紙）及異業（電視）競爭，第二副刊成爲報紙創造影響力的新舞台。作家暨傳播學者向陽曾以「趣味性、大眾性、世俗性、可讀性」概括第二副刊的版性。繽紛版帶著四大特質一路走來，邁過而立之年依然保有一批死忠粉絲。在歷任編者掌舵下，繽紛版開拓出豐富多彩的內容，有短期性或事件性的企畫邀稿、徵稿，也有長期性的欄目，由素人投稿或請達人供稿。不同時期的企畫風格，隱微顯現個別編者的手感和視野，但從未偏離

「生活化」的基調。

由於出版業長足發展，百花齊放，「作家」已不局限於文學界，各行各業都有達人出書，作家的定義寬泛了。由於讀者發聲的管道日益多元，尤其進入數位時代，人人都可在社群媒體透過文字抒發自我、分享故事，並配以圖片、影音，作者跟讀者的界線早就模糊了。無論是作家定義的擴張或讀者／作者的切換自如，繽紛版可謂走在時代之先。

2009年春天，我開始勤懇扮演這片心靈花園的園丁，也在編輯日常裡不斷思索「繽紛」的方向與意義。這已不是人人一早醒來就要打開報紙的時代，所以繽紛版自然得主動出擊，端出多元活潑的企畫，以鮮明躍動的形式包裝質感內容，陪伴讀者在輕鬆氛圍裡擁抱晶瑩的生活點滴。而繽紛版也早已不再是純粹的紙媒，它亦透過電腦、手機、平板等數位載具與讀者見面，一篇文章只要夠好（也許是主題、故事、視角、觀念或表達上的好）便有機會透過各種轉傳分享觸及更多人。好文章，過去常被讀者剪報收藏，一讀再讀，在同好間傳閱，甚至有機會在廣播節目上被公開朗讀。時至今日，剪報的形式換成了LINE連結、臉書貼上，其傳播模式，較之過往其實異曲同工。

編輯透過議題設定照見時代的閱聽需求，爲目標讀者尋覓好文、專業守門、巧手編排，並敏於時潮、聆聽回響……精編細校的態度，是我所珍視的副刊價值，這個價值是當今的社群媒體亟需看重的。

繽紛版一編六年，不長不短的園丁生涯裡，我成爲許多作者的「第一位讀者」，在大量寫實篇章裡探看人間煙火，和主人翁一起哭一起笑，一起發現、反芻和想像。如果故事可以療癒人心，我定是那個得到最多療癒的人，爲此，我感到幸運，且充滿感恩。

東區美工刀群俠傳

——圖奈拉之天鵝與老菸灰

陳泰裕

當他彎著腰、瞇著左眼，從版口挑起那個「鍾」，再用刀尖補上「鐘」，唰地被幾位急著檢校的編輯推出桌邊，他眨著被嘴角菸熏得張不開的左眼嘟噥：剩三分鐘交版。

這是一九八六年十月十六日深夜近十二點，報紙副刊室的場景。

這年的諾貝爾文學獎剛在五個小時前公布，由奈及利亞的渥里．索因卡摘得桂冠，這是非洲作家首次爆冷獲獎，霎時台灣文壇、全球媒體被這個陌生名字炸出蕈狀雲；副刊的十餘位編輯有序地分頭聯繫、翻資料（沒電腦、沒Google），近十點，雖然美國西岸已有一條強而有力的線索源源不絕地進來（國際電話、聽寫手抄），仍沒有任何一篇文章可以發排打字。他叼著菸、盯著桌上只貼一張索因卡人頭照的空白版口，發呆。

喔，他不是發呆，看似空洞的眼神，正在空白版口上演練各種陣式，一主一欄三副兩圖、一主四副三圖……或是，索因卡的稿量不足，換其它備案補稿。

這是他第三年負責諾貝爾文學獎專刊美編工作，卻是第一次遇到交版前兩小時，還沒有任何文字素材發排的狀況。兩位美編助手在他分配下，預發標題、圖片，直到十點半他拿起美工刀，終於可以下手。

此刻起，他是副刊室地位最高的角色，「老闆」還會幫忙喬菸灰缸。助手跑上跑下發稿發圖，文稿裁割、刀起筆落、初樣現形、檢視討論、拆版調整……。

十一點四十分，他突然不動地盯著布滿圖文的版口，周邊同事沒人問「怎麼了」，這是他慣性的收尾症狀，一分鐘後他彎身以針筆加線，用美工刀尖刮修線頭，挖補米粒大的錯別字後……就被擠出桌邊了。

一九八九年十二月十日，他正在跟影視版美編互噴垃圾話。

爲了金馬獎專刊最佳女主角張曼玉照片的處理手法，他提出質疑：「裁照片哪有裁到手腕的道理？」影視美編說，發來的幾張照片就這張最優，且原照片的底部剛好只到手腕處。他咄咄逼人：「怎麼可能只能選這張，你瞎啊？」

影視美編將桌上的圖片影印稿丟到他面前：「挑啊你挑啊。」

「嗯……嘖……嗯……我會選你這張。」

八〇年代要顯現氣勢的美編的技能是：以大拇指將鈍頭美工刀片壓在桌面折斷，而不是用刀尾附加的折片器。

八〇年代要符合資深的美編的底蘊是：以大拇指將鈍頭美工刀片壓在桌面折斷，然後以廢紙層層將折下的刀片包裹好再丟棄，避免清潔人員誤傷。

這家報紙二〇〇〇年九月十四日起採全彩印刷，他交代美編同事，要妥善應用這個優勢。連續五天的預作版，平鋪在桌面，他不時調整色彩計畫與版面主題的關聯，請同事將標題字改成這個那個色，將專欄的底框弄成這個那個色，拖到最後一刻，才將版口交給製版部門。

隔天，興奮地攤開副刊版面，他不動地盯著許久，表情卻漸趨僵硬，臉色一沉對其他美編說：「除了插畫、圖片，以後標題字不准用色字，色框也儘量避免，下午趕快將之後的版做調整。」

傍晚，他敬重的一位報社高層捎來紙條：文學副刊是報紙的精品象徵，妝

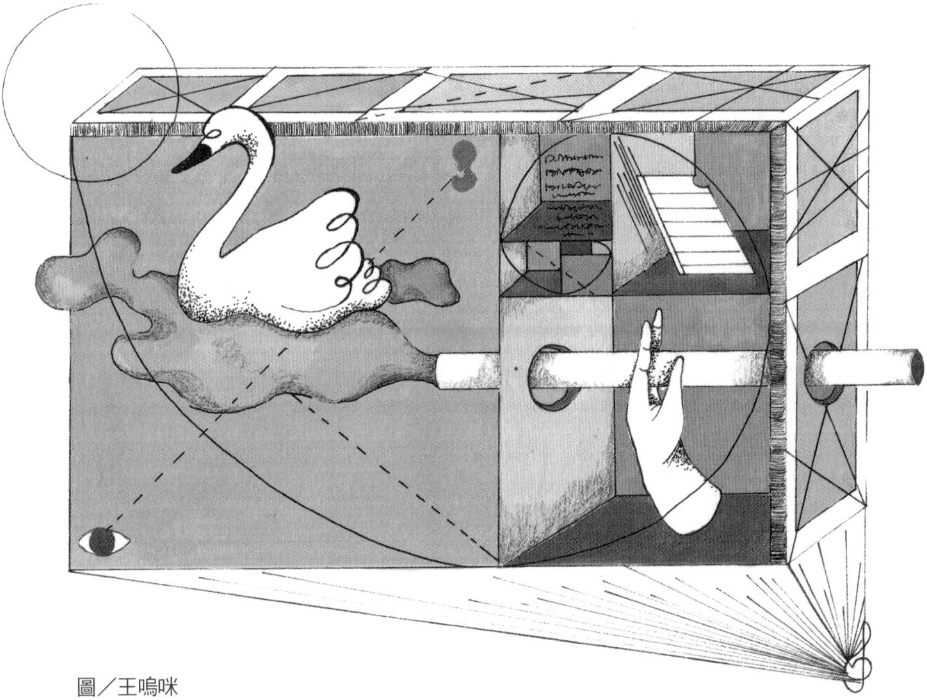

圖／王嗚咪

扮過頭就廉價了。

●

手工組版年代，將圖文素材黏貼在版口上，膠水、樹脂兩者最就手方便，但如果要調整版型，死性膠會讓過程極其慘烈；噴膠與蠟膠工序雖多，活性膠能使美編作業靈活許多。

過蠟貼版幾乎是報紙作業的主流，但他不喜歡。文稿在版口的貼上、挪移，總會殘留厚薄不一的沾黏物，或是貼妥後的定稿滾壓，多少會在文稿邊緣擠出一些蠟漬。這些，他看了就是不爽。

他長年經手的完稿版口，無論過程異動多少次，正看側看都非常清爽乾淨。美編切割文稿如果沒有漂亮地順著字的邊緣齊線，他也會叨念。

「啊印出來不都一樣？」

「沒切齊底緣，對得到格線嗎？這歪七扭八的你看了不難過嗎？」

「這哪歪了？賊眼才看到歪的。」

……。

他的強迫症，衍生出另一個怪癖。

每天比報，看對手的副刊時，除了版型視覺的觀摩，他極其無聊地想像回溯版面的原始完稿情境：第二段文字筆畫比較粗，是重打補貼的；某字的頭缺角了，是切割時滑刀了；字海中的某字微斜了，是補字時沒等待十秒鐘就手壓，移位了；卡典西德的網線不勻稱，這是爲了省錢用影印的……。

●

八、九〇年代，東西區兩大報副刊日日火拚，哪天不換版才是異常。下班前，主編應酬回來，若是一臉喜悅、手握牛皮紙袋，他就跟美編助手使眼色：「噢，準備換版。」這樣的作業環境，鍛鍊出他特有的切割區塊邏輯能力，在九十分鐘內緊急完成一個霸氣、乾淨的作戰版型。他是如何做到的呢？首先……（算了，下略九百字。）

●

就讀高職美工科時，他早已認知國外唱片封套，就是頂尖設計師的競技場，總能從中獲得視覺啓發，喜愛的、經典的就蒐集。那年，快滿三十歲，在中華商場的佳佳唱片行，他爲了封套設計首次購買古典音樂，但其實他不知道那張唱片到底是什麼鬼。

當晚將唱片放上唱盤時，只是想當成工作時的背景音樂，豈料十分鐘後他不但豎耳，還挪位到音響前閉目，接著起了一身雞皮疙瘩。他隱約看到一個無邊罩霧的湖面，半空烏雲快要壓到頭頂，遠方天際忽藍忽靛，沒有風卻有漣漪。

原來他帶走的鬼，是西貝流士的〈圖奈拉之天鵝〉：曲子描寫芬蘭傳說中的地獄國度，一條通往圖奈拉的冥河黃泉上，有隻會唱歌的天鵝……啊沒想到古典音樂的色彩、結構是如此鮮活，動線、敘事是如此明確，他好像懂了什麼卻又抓不到任何東西。

其實，他有抓到三個人。

馬勒、史麥塔納、拉赫曼尼諾夫的作品，二十餘年來對他產生極大影響。他之後的視覺素養，一大部分來自浸泡在古典音樂所得；調性與風格、節奏與空間、音質與色彩，由此研磨出的視覺重量、動線平衡、空間鬆緊，都得到應用上的自如，他體悟到聽覺與視覺的立體交叉點，正是冥河上那隻天鵝的所在位置。

繽紛賜我生命以斑斕

張光斗

我一度視寫稿爲畏途。

十年有餘的記者生涯，每天睡覺前、起床後，記掛的都是後面的稿源在哪裡？久而久之，忘卻了寫稿的怡情與樂趣，老是被公式化的寫稿程序糾纏綑縛，後來終於決定一刀落下，斬斷寫稿的職業、情緣，與新聞工作正式脫離干係。

時隔多年，偶爾手癢，想將心中萌生的一些念想化爲文字，但總欠缺臨門一腳，畢竟彼時的網路勢力尚未鋪天蓋地，加上沒有園地發表，自然也就繼續擺爛，恣意晃蕩。

只不過，每天上班，閱讀三份訂閱的報紙，是爲不變的正事之一。每份報紙的副刊，我都留在最後，然後慢悠悠地由報頭看至報尾。曾幾何時，那份讀報的悠閒情趣逐漸被瞋心與怨心替代，每每被一些報導喧騰到飲食無味，後來乾脆退掉了兩份報紙，只剩下「聯合」。然後胃口愈發清淡，改從「繽紛版」

圖／Mrs.H

開始閱讀，卻愈是發現「繽紛」的內容多樣且有趣，讓我讀後的嘴角總會微微上揚，而不是弧度下降。

成爲「繽紛」的鐵粉後，整個心當然就被牽著走了；有一回，終是忍不住，出手寫了篇稿，寄給「繽紛」，心想，沒被採用也無妨，反正我已經過完癮了。沒想到，當時「繽紛」的主編小熊老師，回了封信給我，不但採用了稿子，還邀請我繼續寫下去。

我與「繽紛」的因緣就此締結。

小熊老師爲我開闢了專欄不說，有些活動還主動拉我參加。有一回，他在報社辦了一個繽紛作者相見歡的茶會，並且要我們帶一個貼己的小道具去說故事。當天到場，我才發現我是最年長者，原來「繽紛」的作家們都如此年輕，難怪寫得出如此多樣有趣的好文章。我臨時抓了個書桌上的石刻小貓與會，等到輪到我了，才娓娓道出小時候爲了養貓，與小貓發生生離死別的事件，間接造成一生不再觸碰貓狗等毛孩子的過往；說著說著，我才發現，那些前塵舊事並沒有埋葬在記憶的黑洞裡，反而依舊鮮明又傷感。

小熊老師後來決定提前退休，找了一位害羞的接班人栗光。栗光是位愛護小動物、生物的熱衷者，她恰好有個外號，被我們稱呼爲「貓編」。貓編確實很靦腆，只是亮著眼睛，好奇地打量人，認眞地聽人說話，自己卻鮮少主動開口，與貓的特質還眞像。但是，做起事來卻分外認眞，對於稿件的審核十分細密，就算是一句話的文字語氣，有時候也會來信確認。

「點燈」二十周年，基金會計畫在台北市中山堂舉辦一場名爲「哥哥爸爸眞偉大」的公益演唱會，向國軍致敬。我找了貓編商談，希望能在「繽紛」籌辦一個徵文活動，歡迎讀者將家裡身負保家衛國重責的哥哥爸爸們，以文字介紹出來。只要是入選者，我們不但在演出當天發表，並招待爲現場貴賓。貓編問我，爲何要辦以軍人爲主題的活動？我說，我輩在眷村中長大的孩子，對於父兄軍人的職務，一直保有無限的敬意；如果不是他們站在前線捍衛家園，別說是823金門炮戰得以打退共軍，或許台灣早早就淪陷到對岸手中，肯定又是一回家破人亡的人倫悲劇再次上演。我還跟貓編說，我小時候，親眼目睹酒醉的父親，在床上痛哭，喊著媽呀媽的，這才知道，原來大人也會想家，也會思念親人。說著說著，貓編的眼珠前端，霧起了一片水氣，我的情緒反倒被她影響，話也就再無法持續下去……

「哥哥爸爸眞偉大」的徵文有了很大的回響，致贈免費入場券的消息也在「繽紛版」披露。這下可好，竟然造成一場大災難，我們辦公室的電話，不分早晚，被打爆了不說，還有讀者親自上門按鈴，要來搶票……接電話的志工成了驚弓之鳥，那幾天被嚇到拔了電話，再也沒有辦法面對熱情的讀者們。

而後幾年，我們接連舉辦了「迎著光——照見生命勇士」、「老師我愛您」、「今宵多珍重——向警消致敬」的公益演唱會，也都尋求了「繽紛版」的協助，辦有相關的徵文活動，當然也都獲得非常大的效果。我不禁讚嘆，原來「繽紛版」的影響力如此深遠，總能號召到堅實、熱忱的讀者們共襄盛舉。

我經常會應邀到各處演講，更讓我覺得不可思議的是，無論中、南部或是東部，總會有聽眾依序來簽名時，透著微笑，帶著興奮地告訴我，他們是「繽紛」的讀者，很高興能在報上讀到我所分享的各種人物故事，並希望我繼續寫下去，我因而更是感謝「繽紛」爲我與讀者牽成如此溫暖的相見歡。更好笑的是，我有一位老友，習慣在每晚如廁時細讀當天《聯合報》的副刊，每回在「繽紛」讀到有所感觸的文章，她下意識地認爲一定是張某人的作品，再留意標題的結果，才發現她與我還眞有默契。

總會有朋友好奇地詢問我，長期在報上寫專欄，會不會有題材寫盡的惶恐？我想了想，很快地搖頭，不覺得江郎才會盡。或許，我所製作的「點燈」節目，讓我可以無邊無際地結識各行各業、具有動人經歷與人生況味的好友們；每每與他們接觸後，都讓我喜出望外地讚美老天，得以與如此生動的人物相遇。他們的故事是我人生中源源不斷的精釀活水，雖不帶酒精成分，卻總是讓我酩酊、低迴、癡迷。

如今，持續多年的專欄雖然告一段落，但是貓編沒有忘記我，老會找到各種美麗的藉口，要我別做伏櫪的老馬，在「繽紛」此一青春無限的草原上多多奔跑，好自舒心；而我，還眞有點難爲情，每一接到邀請，居然從沒有任何靦腆與作態，總是在第一時間裡高聲回答道，沒有問題喔！一定準時交稿！（也從不用她催稿，肯定提前交卷，哈哈！）

恭喜「繽紛」，恭喜聯合副刊，恭喜聯合報，在紙媒經營的艱難中，歡喜迎接七十大壽的到來。既然「繽紛」賜我生命以斑斕，我也要回祝聯合報，在「爲民喉舌」的眞知灼見下，只要初心不變，必然會讓讀者忠心擁戴，不離不棄；一如我與「繽紛」的不逾情感——永遠相看兩不厭。

文字雕手相伴的日子

汪詠黛

恭喜聯合報七十大壽！文友們得知有機會聊聊在《聯合報》投稿及書寫過程的小故事，反應熱烈，約好在線上討論作品：

「我這篇『大修』三遍，你們覺得適合投給繽紛版嗎？」芬首先提問。

萍馬上接口：「才大修三遍？再加油喔！我兩年前投稿立刻被退稿的那篇，和你們一起『抓蟲』後又改了N遍才敢再投，呵呵，終於重現江湖！」

蓉是死忠讀者，給了中肯建議：「妳的親身經歷故事性強，超勵志的，我覺得很符合版性。不過，好像稍嫌平鋪直述；還有，要注意標題，別忘了爲我們上過課的小熊老師的提醒……」

自修易懈怠，共修力量大，姊妹們樂於彼此做善知識，愈講愈興奮，只差沒隔空抱抱。

●

說到抱抱，讓我想起在台灣從小看《聯合報》長大，到美國後繼續做《世界日報》忠實讀者的張璇。

初識那年，我並不知道璇姊是一位曾擔任兩廳院專屬接待，接待世界知名男高音卡列拉斯，並獲得他轉贈一百朵玫瑰花的表演藝術製作人。那時她剛從美國波士頓返台定居，翻開熟悉的《聯合報》，看到一則有多位名作家授課的短訊後，立刻報名，希冀藉由文字梳理鬱結，安頓身心。

第一堂課開始的前十分鐘，由我主持開營，第一眼看到坐在後排角落生面孔的璇姊抿著嘴，嗯，很酷，很嚴肅。不過說也奇怪，我一點都沒被她那副「有距離」的表象嚇到，反而生起前世必與她有緣的奇特感覺，脫口而出：「大家終於相聚，來抱抱吧！」

只見璇姊臉上出現「Oh, no way，別來這一套！」的表情，但來不及了，我已展開雙臂迎向她。

事後璇姊告訴我，她和許多同學一樣，都是「慢熱」的人，情緒要經過沉澱和醞釀；不過那一瞬間的擁抱，就像是跟久違的自己打了個照面，下個瞬間人生已然不同。璇姊的行事作風依舊低調，可熱情的火苗被點燃，與前後期同學杜解萍、賴美貞、林珮如等培養出相知相惜的姊妹情，默默出錢出力當義工，成立非營利組織的協會，共同推廣閱讀與寫作。

圖／和平製品

《聯合報》的一則短訊，為原本相見不相識的讀者，牽起那條宇宙間隱然存在的因緣線，大夥兒練筆又交心，在文章裡閱讀彼此的人生，相互陪伴前行。

職能治療師袁葦和在職場表現亮眼的邱雯凰，感觸別無二致：告別少女時期的文藝夢許久，當時機成熟認識了這些大姊大哥，心中以為消失的那支筆逐漸恢復「手感」；喜歡現在的自己有個「書寫者」頭銜，下筆是創作也是回憶，不論感傷、遺憾、道歉或道別，在文字和筆名之後，袒露自己，真誠對話。那種深層體悟，恰如平路老師在課堂上說的：「了解自己的獨特性，終是為了忘記自己的獨特性。」

因為看到訊息，有緣千里來相會，但也有人是心動未採取行動，直到被好友逼來，然後就停不下學習腳步，例如王巧麗。

當了一輩子國中國文老師，認真批改學生作文近三十年的巧麗，剛退休時只想喘口氣，輕鬆讀報、看書，並不想動筆。所以當閨密施雯彣邀她一起報名上生活寫作課，巧麗祭出一句「敬謝不敏」，直接回絕。

雯彣是巧麗的老同事，一位喜歡文藝的國中數學老師，她想把生活中的點滴，尤其是父母恩、夫妻情、師生緣、親子互動，寫成小品文分享給讀者。她每聽完一堂作家的課，總是興致勃勃打電話轉述給巧麗聽，講得口沫橫飛，外加力勸來插班。巧麗受不了疲勞轟炸，只好屈服：「哈，跟妳說老實話，其實這些都是我在讀報和教科書上熟悉的作家，我也想親炙他們的丰采啦！」

這一對來自杏壇的姊妹花，走下講台單純做學生，心裡輕鬆，肩頭無負擔，如同畢卡索說的：「經過這麼長的年月，才終於變得年輕。」她們一早進教室，笑容可掬爲同學服務；搶坐在第一排聽課，不打瞌睡，非常「入戲」，隨著老師的精采授課內容，時而大笑，時而高歌，時而拭淚，一派回到純眞少女時代的模樣，下課後還加碼讚嘆：「好開心，好享受！」

雖然在交作業的最後一刻，也會哀號擠不出字、寫得不好，但這兩位資深美少女總以一句：「改稿壓力就留給老師吧，不然要老師做啥？」瀟灑按下電腦送出鍵，不再糾結，安然入睡。

說得也是，稿子交出去，就不必罣礙了。對於修稿、校稿極富經驗，也是致力推動閱讀與寫作的《老夫子》漫畫總編輯邱秀堂，長期觀察這群人「字斟句酌」的寫作態度，看似吹毛求疵，但實則有必要，不覺莞爾。她幽默地引用英國詩人王爾德的話形容：「我整個早上都在校對自己的一首詩，我去掉了一個逗號，下午又把它加了上去。」

字斟句酌是寫作基本功之一，聯副、繽紛版、家庭版都是同學的最愛，卻不是輕易可獲錄用。能琢磨出一支筆，從讀者晉升爲作者，是圓夢，是榮耀，筆耕的過程尤其是突破自我的快慰。

沒有人可以保證「每投必中」，但以平常心寫下生活所感，耐心推敲，勇於投稿，分享生命故事，就像筆下總見溫潤的林碧蓮說：「喜歡自己的文章從坑坑疤疤，磨成水嫩紅潤的大美女。」現在多位大美女琢磨出的錦繡文章，都能獲得報章雜誌主編的青睞，堪稱投稿常勝軍呢！

大美女之一的劉家馴，和林碧蓮等人共組私塾小班筆耕多年，發表佳作無數，她寫九十九歲無疾歸天家的老爸、寫自己數十年在職場家庭兩邊「戰場」的折衝輸贏、寫主播女兒的家書和愛犬、寫有趣的記憶藏寶圖……取之不盡的題材，不但讓家馴姊的後中年人生更加繽紛，美聲一族的她，還二話不說扛起協會唱頌團義工團長之責，和張璇、傳藝金曲獎得主賴美貞等姊妹，攜手說說唱唱跳出紙本，以更多樣、跨界的方式展現文字之美。

寫作需要靜心，創作過程或許孤獨，寂寞倒是未必，有志同道合亦師亦友的文字雕手相伴，每一、兩個月固定見面，或討論作品，或練唱、朗讀，生命之歌已重獲調音。譬如，早已是醫藥專欄作家的失智症專家劉秀枝醫師，現在右手寫散文、小說，左手拿文學獎；又譬如原本從事國際貿易的張知禮，爲了照顧婆婆毅然決定提早退休，並從家務中撥冗上課、磨筆。

知禮原本設定的目標，是寫下從小聽母親講的故鄉及從北京來台的生活大小事，這些故事一修再修後，投稿《聯合報・繽紛版》，一試成功，信心大增，持續寫下更多的憂喜與善美，進而榮獲聯合報辦的懷恩文學獎、新北市文學獎黃金組首獎。

知禮姊在花甲之年圓了文學夢，另一半張祥憲大哥退休後也加入推廣閱讀寫作的行列，擔任活動攝影義工；更有意思的是，他倆在協會找到「親家」，獨生子和協會會員廖玲華的長女結爲連理，聰明可愛爆表的小孫子已滿三歲了。

知禮姊滿意地說：「因文字結緣，我的第二人生如此繽紛，不能再奢求了！」

歲月靜好，不再奢求；所謂的繽紛人生，就是這麼簡單——日日與文字共度晨昏，天天都有好報抱抱。謝謝《聯合報》的陪伴，生日快樂！

善念的氣球

馮平

身爲一個寫字的人，我提筆寫作已有數十年，嘗試投稿而受刊載也有四分之一個世紀。像河中砂石般寫了那麼多文字，留下了那麼些紙片，有時也會想起一位作家曾對我說的，她不知她的讀者在哪裡。

也是這幾年，我才從臉書上認識幾位新朋友，他們看過我的書，我也看得見他們的面容，知道他們的生活動態。但是透過報社編輯所轉交的讀者來函，爲數則是不多，只有兩封。（兩封全是透過《聯合報》繽紛版主編所轉送。）一封是電子郵件，一封是親筆書寫，付現貼郵，經過郵局後台，物件分流，以及郵差揮汗奔走才抵達編輯部。

稀奇的是，這封貼郵而來的信件，附有一包小物。閱信後才知是水丁香和黑豆，是爲了給我家的貓使用的。原來這位自稱讀者的劉女士，某月日讀了我寫的貓文章，知道我家的貓有血尿之疾後，想起自己家的老貓曾經患有腎病，從他人問知，喝水丁香和黑豆所煮成的水，即可治癒，果眞也治癒了，此後她便見苦救苦，得福施福。

信中不僅介紹藥材來源，又鉅細靡遺地講解如何水煮、如何保存、如何餵食。字字眞誠，讀之即見一顆仁愛之心，躍然紙上，活生生而且滿有溫度。

可惜，我因人在美國，又是在貓病故後才發表那篇文章，所以終是沒有用上那包藥材。報社主編把信和藥材拍照給我，問我該當如何回覆？我思考一晚，見信末留有電話，便決定親自越洋去電致意，若對方因不明來電者拒接，就只好寫信請主編代念或代寄。

鈴——！隔日，我撥通電話，即將與第一位陌生讀者通話，我略顯緊張。接了，「喂！」是一名中氣十足的女士的聲音。我快快報上姓名，說明因何來電，深怕對方誤以爲是詐騙。即刻，她相信了我，相談甚歡。我一再表示謝意，同時請求她讓主編把藥材轉贈有需用者，她也欣然答應。一通越洋電話，一次短暫交談，彷彿有無數顆善念的氣球，飛揚在繽紛的天空下。

此生，我有幸在少年時就知道自己是一個寫字的人，也終於成爲這樣一個人，流著這份愛字煮字的血液。雖然偶爾我也有喪斃於文學途中的死寂狀態，但很快又發現，只要我還能呼吸，情志還能流動，文字就不會從我身上枯涸。

至於讀者，我愈發相信，讀者多半是默默的，他們或在按讚的數字中，往往也在按讚的數字之外。正如我也是許多別人的讀者。

網路是世界中的新世界，一首小詩、一篇散文、一部小說，交會在萬種媒介的海洋中，浮沉生滅，或者傲然出群。無論有人看得見或看不見，我都知道伴隨我的步伐和心念的，只會是文字。

那麼，繼續寫吧。是啊，我所鍾愛的一部小說，最後一句話正是這樣說的：書寫，仍然在繼續中。

那一堂課，帶我飛向千山萬水

韋瑋

2014年春末，爲了繽紛版「一日打工趣」的專題到雲林採訪師鐸獎校長陳清圳，當時他身兼古坑鄉樟湖國中小、華南國小的校長，那是我人生第一次遇到「兩校校長」。我的任務是「校長助理」，猶記得，跟著師生一起上「生態調查課」時幾乎忘記自己在工作，從中得到的啓發，無疑爲我日後的鄉土教育工作注入源頭活水。

打工日的課程內容是鳥類觀察，那並非一次性課程，有精心鋪陳的前導課作爲基礎——師生們事先蒐集了鳥類圖鑑表，當校長問道：「在我們頭頂的高空飛翔、有著細長身影的一群小雨燕有幾隻？」我望著偌大天空一臉茫然，孩子們已能氣定神閒估算數量並塡寫在紀錄表上。每一次，透過學生自己用心觀察、師長的陪伴與培養，知識得以不斷堆疊、延伸。

我的鳥類觀察初體驗就獻給了樟湖國中小所在的山林，大自然的音樂令人難忘：繁殖期愛學貓叫的紅嘴黑鵯、發出鈴鈴鈴清脆叫聲的棕面鶯，還有「大聲公」竹雞、頭烏線畫眉的吟唱……

我心想：如此美好的學習過程，也值得向一般民眾推廣啊！

「在眞實情境下學習，才能有思想、有靈魂、有生命力，這樣就會對學習有渴望。」校長的話像一顆種子，埋入心田。多年後，種子發芽，我思考著如何讓知識產生力量？必須擬定目標、建構計畫、匯集資源、務實行動，因此有了台中霧峰的「熊愛觀測鳥蹤筆記行動」。在田園社區、校園生態池、山谷下的村落，分別設置鳥蹤筆記站，每一個小站置放紀錄表格、簡易鳥類圖鑑，並指引觀察方法；更進一步，編印鳥蹤筆記地圖，倡議、引導民眾閱讀身邊的動物生態，邀請專家擬定停、看、聽、寫的鳥蹤筆記SOP，一系列充滿生活趣味的推廣教育漸次展開。

園林踏查篇，從書房基地步向省議會後山，用眼看之外，也學習聽音辨鳥。除了此區常見的白頭翁、綠繡眼、紅嘴黑鵯、泰國八哥、大卷尾、小卷尾，下山時聽見了五色鳥，尋聲放眼，驚喜目擊本尊。

近水踏查篇，到光復新村旁的乾溪，沿著河堤，覓得水鳥蹤跡：小白鷺、花嘴鴨、灰鶺鴒等。在通往921地震教育園區的橋上架設望遠鏡，雖然沒等到心儀的翠鳥入鏡，離去前意外瞥見小啄木的身影，仍是不虛此行。因爲賞鳥，一座橋，可以待到天長地久。

淺山踏查篇，至桐林社區登山健走，沿溪行，走入祕徑：半乾的溪床上長出了刺蔥、山芭蕉、青葙等好香好吃或好看的植物，白鶺鴒、鵪鶉、畫眉以巧妙身姿或清亮鳴聲圍繞，蝴蝶五六種在身邊飛舞。近午，大冠鷲家族的招牌口哨聲傳來，抬頭數一數，多達五隻在頭頂盤旋，陣仗不小，這送客之禮十分隆重。

培根的名言「知識就是力量」標舉出教育的重要性，有人理解爲從書本裡學到的知識等於力量，那他可能忽略了培根認爲「眞理透過觀察才能獲得」的意涵。我在陳清圳的課堂上看到培根哲學思想的實踐，後來，我也親身透過各種鄉土教育行動嘗試印證。在地閱讀情境如何營造？如果你願意把生活所在當成知識的對象，當你望向一棵樹，你的目光當會駐留更久，因此有機會看到一隻鳥，以及鳥兒自枝頭騰起，騰起後展翼飛翔的天空。

家副的天空

那些寫專欄的日子

輯五

十年「苦日子」

廖輝英

至今爲止，不上不下，我大約開過十個專欄，有事先約好寫一年的；有自然寫下去匆匆就是五六年，某日突自省會不會太厚顏不懂見好就收？即刻請辭！當然也費了些許力氣雙方才都鬆了口氣。

十多年前聯合報家婦版邀寫每周一篇、每篇六百字的讀者來函、有關婚姻感情他問我答的專欄，當時就覺十分猶豫。我其實是因小說得獎，又拍影劇，莫名其妙接到許多讀者透過各種管道來問問題，我都親自回信，有時比寫稿費時。不過覺得作家也該做點公益，就此透過家婦版開始爲期十年的「苦日子」。

首先是字數限制。讀者寫來九頁六百字稿紙，情節精采，要如何在字數內讓讀者了解各種糾結？又讓當事者知道怎麼做？很多秘密又不得洩露，回答更要讓當事者巧變爲另一個人……

大部分當事者都不想離婚，而其配偶卻離心堅定，點明這點很難，因爲她要的是起死回生；不是退而自保。許多不幸其實和幸福一般，不幸的人拉不起來，是因她相信老天不會背棄她。

痛人之痛到最後，眞感謝家婦版一刀割開那長達十年多一些的高閱讀率的好日子也是無奈的苦日子。

報紙二三事 插畫展

全家愛的報紙

圖／想樂

一期一會的福報

梁旅珠

二〇一〇年春，女兒于珺以一個北一女高三應屆畢業的外國學生，拿到哈佛、史丹佛、MIT等七所頂尖大學的入學許可，受到媒體關注。因爲她的好成績，我也在親友鼓勵下出版了親子教養書，分享經驗與心得。

兩年後，我很榮幸受邀爲聯合報家婦版撰寫「親子俱樂部」專欄，答覆讀者關於教養方面的提問。在那之前我雖已有多年寫作出版經驗，但能成爲聯合報的專欄作家，對我來說意義非凡。從小家中長期訂閱聯合報，即使婚後仍是忠實訂戶，至今在電腦網路瀏覽器的開機首頁，我的選擇依然是聯合新聞網，聯合報一直是我生活上訊息與知識的最重要來源！

聯合報家婦版的「薇薇夫人專欄」，是我小時候最喜歡的專欄。每次讀完樂茝軍女士溫馨動人的文章，總是滿心佩服——怎麼會有這麼厲害的人？似乎任何事都難不倒她。所以當自己有機會爲家婦版撰寫專欄，立刻欣喜又熱血的答應，心想一周寫個七百字應該不會太困難吧？

沒想到兩年的「親子俱樂部」專欄，竟是我寫作生涯最辛苦難忘的時光。

由於我每年一半時間在海外旅行，在台灣時總得趕出兩三倍的預交稿件；更傷神的是，不同年齡層讀者的提問五花八門超乎想像，這才發現幾乎每天，我都在爲自己從未經歷過的難題尋找解方而絞盡腦汁，甚至常因投書者的困境苦惱到失眠。

那段日子，讀者的關愛與回饋成了支持我的最大力量，也非常感謝當時的楊錦郁主編總是溫暖鼓勵，讓我能以「一期一會」的心情面對每一個問題的挑戰。最開心的是，我的專欄不但得到家長信任，還有不少年輕學子來信傾訴煩惱。

記得有一位討厭數學的高中生，一心想出國念書卻苦於父母反對，我很認眞的寫了很長的分析建議給她（囿於字數專欄只刊出重點），結果這個聰慧的孩子不但成功轉念改變態度，還順利成了我台大外文系的學妹！

回頭看自己，只撐兩年就不得不因出國行程太頻繁而請辭，想到能爲一個專欄持續筆耕二十六年的薇薇夫人，十分汗顏。不過這段時間的壓力與磨練下，我所得到的學習與收穫其實遠大於付出……有機會成爲別人的貴人，眞的是生命中最大的福報。

謹在此祝賀我生命中的貴人聯合報，七十歲生日快樂！期待繼續以作者與忠實讀者的身分，延續這個讓我深感驕傲的緣分。

每月來一次

劉昭儀

即使不來也要來！（什麼啦？）我說的是家庭版專欄寫作的原則與底線。

作爲一個素人阿木，想要分享進入孩子們的教育現場、扮演志工家長的角色，還有不同切入點的親子互動，以及交流教養相關的價値觀念；不論是每月邀請一位專家來紙上對談，還是執行教案的詳實介紹，每次都要構思、醞釀，搭建一個小而美的華麗舞台，並且扮演好稱職的主持人角色，穿針引線，讓每次的主角，在聚光燈下閃閃動人、盡情發揮！身爲阿木界的諧星，必須小心掩藏我的搞笑本色，在交稿前還要齋戒沐浴、莊嚴肅穆嚴陣以待；務必追求文字的條理流暢、平易近人、還要內容扎實，才能衝高點閱率，讓編輯笑嗨嗨！

除了收到讀者的回饋，最棒的是，我的老爸老媽會說：他們的朋友在報紙上看到我的文章！雖然常常只是在手機的另一端看到他們傳來的訊息，但他們洋洋得意、走路有風的姿態，卻活靈活現的出現在我眼前。還有之前設定的專欄對談模式，我邀請了許多朋友，針對不同主題提問解惑，因此跟老朋友有了進一步的交流，更認識許多深藏不露的新朋友……總之所有的召喚，都開拓我坐井觀天的視野，豐富我一知半解的資料庫，更證明了我的慧眼！因爲我的邀稿，增加了三個有趣又有內涵的新專欄、催生了至少兩本書的出版，讓我忍不住誇獎自己，要說一句：找我當經紀人！

回頭想想，曾經在異鄉海外的雲端交稿，還有過年前夕手忙腳亂地趕稿；兒子踢足球，在場邊觀戰邊寫稿；媽媽病危時，哭著跟編輯說眞的寫不出來要缺稿；在無聲的聽障咖啡，靈感大噴發地鍵盤快打；還有全家都睡了，我一人在客廳，不放棄與瞌睡蟲奮戰；以及無數個創作過程枯燥乏味，卻反覆醞釀構思，最終自得其樂的滿意作品……

細細憶及這些專欄的創作書寫，陪我走到遠方、度過時光，爲阿木的成長留下美好的印記；讓我知道每個孩子都是獨立的個體，有不同的姿態，作爲家長該如何懂得欣賞，並且適時地引導、陪伴與探索；也因爲諸多的分享交流與回饋，讓家長們不會感覺孤單，一起向前邁進。

感謝所有讀者的閱讀，你們的欣賞與陪伴，是讓我持續堅持的重要能量！

報紙二三事 插畫展

報紙旅行

文・圖／Dofa

小時候放學回到家，總是習慣先翻翻報紙，拿起副刊閱讀上面的文章，看完才心滿意足地開始寫功課。

副刊有各式各樣不同類型的文章主題及配圖，閱讀的同時在腦海中形成歷歷如繪的畫面，不知不覺也進入到大家的故事中，一起經歷、一起體驗，仿若是進行一場有趣又獨特的報紙旅行呢！

Midnight Flat Cook 攜來的祝福

毛奇

我的雲端硬碟裡，有個名爲「Midnight Flat Cook（深夜公寓料理廚師）」的資料夾，裡面按照年份的資料夾從2015到2018，橫跨了四個年頭，一周一周，總共交了超過一百二十篇稿子，悠悠數載，回過頭來有恍如隔世之感。

那差不多是我初上台北開始工作，從薪水最微薄的出版社工作做起，下班後煮飯餵養自己的同時，還最低限度保留一點手作樂趣，熹微延續自己對於食物農業熱情的時光。一開始的時候那些稿費無非是甘霖，讓我每個星期有名正言順的理由可以加菜做頓好的，多親近物產。也在這個寫作和料理的勞動過程裡，慢慢長出自己獨特的模樣；逐漸的，會有人稱我爲飲食作家，也或者，美食記者。感謝這個機會，我現在往自己更接近了一點，成爲了一個眞正以食物烹調、書寫、品嘗、研究爲工作的人。

在閱讀前人創作的時候，用心的讀者往往會回到書寫的時空背景來理解。我讀著自己一開始的文字，彷彿回到最初在古亭租的小雅房，那個公寓裝了對這座城市有期盼的年輕人。一位多年國考顯得有點驚惶但非常精緻的法律生，一位學中文教英語的美國女生，還有我。

剛上台北那年，正是台灣學運風潮雲湧之際，占領立法院，睡在青島東路上的人潮，初離開學校的我，在那些夜晚有時也會在街頭辨認出熟悉的學院朋友的臉，人們在舞台上慷慨激昂。隔天要上班的我，無法像學生那樣待那麼久，盤桓過街頭，還是回到不遠的、蝸居小窩狹長的廚房裡烹調煮飯，這大概是成爲社會人士的第一個體認。

接著我換了一些工作，飯還是煮的，基本上再也沒有離開食物與料理。文字和食物如此安慰支撐著卑微的我，但也如此磊落，好好地說一件事，做一件事，你就可以成爲一個光明正當的人。

有時候，書寫的是我被感動而想分享給讀者的風景：台灣鄉鎮之美，物美之奇，人情之暖。偶有外國風景，食物依然是我理解未知的試金石，而文字是魔法。

最後這個專欄止於2018年初，我到義大利的慢食大學攻讀碩士學位。我想四年是很久的時間，這段時光的目光以及專欄的壽命，面對可預知的生活變化，在那時候是個適當的結束時間點。回望寫專欄的日子，我想是生命中很大的祝福。

報紙二三事 **插畫展**

陪我成長的報紙

文・圖／Betty est Partout

從小買報紙就愛看影劇、時尚、藝文這類新聞，細細閱讀這些偶像與時尚相關的文章，總覺得自己好像也走在潮流尖端。小時候因為喜歡追星，又沒有其他能留存照片的方式，都會從報紙上將喜歡的偶像明星剪下來黏在剪貼簿內。

漸漸地，隨著年紀愈來愈大，我不再追星，報紙好像從生活中淡出。沒想到幾年前進入公關產業工作後，閱報成為每天早上必做的工作之一，透過各大報來了解不同領域的熱點與趨勢。

我更想像不到的是，如今是自己的插畫躍上了報紙！從讀報、剪報到上報，這是報紙，一路以來陪伴著我的成長。

用不完的稿費

王蘭芬

2019年聯合報給我一個好棒的機會，在家庭副刊開專欄，每周一次見報。超級無敵開心，決定來寫我們家一男一女雙胞胎的故事，取名為「龍鳳胎底家啦」。

這一年龍鳳胎甜甜跟堂堂由八年級升上九年級，正是會考兵臨城下最緊張的時刻，寫專欄這件事逼著我每隔幾天就要想出一個主題，輕鬆好讀之餘還要想辦法傳達一些經驗或是好（老）酒沉甕底的、或許可以稱之為智慧的東西，著實是個好功課，把我的注意力（跟焦慮）整個從他們身上轉移到創作。

長長一年，每天腦子都想著「下星期要寫什麼」，市場買菜也想、幫小孩訂便當也想、聽媽媽好友們八卦更是想，還尤其愛偷聽兩個小孩聊天，於是這些學校傳奇、柴米油鹽的家常氣味一一飄進我的稿子中：

某家人出門度假也要帶著保母跟外傭耶，因為有兩個小孩夫婦倆帶不過來；被小孩的籃球教練喊阿姨讓我整個暑假都心情不好（結果在考場被工讀生喊馬麻）；你知道嗎對現在小孩來說五月天是老人耶；甜甜堂堂參加的管樂團指揮老師是從國中開始被他的老婆狂追多年才到手的；兩個小孩念的國中的校長跟老師都既有趣又充滿愛心（結果這篇引來超多人打電話去報社詢問我們念哪個國中）等等。

然後不知何為因何為果的，這一年剛好出現了辭掉工作後這十幾年來首見最多旅行的機會，於是寫了在街邊看見歐洲人是如何教育小孩；認識了一對超有趣的香港鐵人三項夫妻；飛機上遇到超可怕亂流時隔壁不斷嘔吐的金髮小女孩如何將我的注意力從極度恐懼之中解救出來。

對於這一年的專欄時光，我有著無比深刻的感謝與懷念。專欄結束幾個月後，甜甜堂堂考上他們的第一志願，一定是因為媽媽忙著寫稿沒時間給他們壓力的緣故；也是這段緊湊充實的時光之後，全球遭遇疫情，再也不能隨心所欲到處旅行，眞的好加在為了增加取材的機會努力跑出國了幾趟。

然而最最最棒的是，聯合報給的稿費讓我十幾年來第一次每個月都有進帳，為此我常得意洋洋地對老公小孩說：「想吃什麼、想買什麼都沒問題，我有賺錢。」到幾年後的現在，小孩想買什麼我都還是跟老公發豪語：「買嘛，我以前寫專欄不是有賺錢嗎？」

終於有一天，老公忍不住回話：「妳那一篇一千五的稿費怎麼好像一輩子都花不完？」

報紙二三事 插畫展

月圓心團圓

文‧圖／喜花如

你浮出水面，望向我。看穿我的眼和心，好似理解我的靈。記憶存在海馬迴裡，那是第一次的邂逅。

上次的滿月，也是在這遇見你。讓我靜靜的看著你，你有跟我很像的嘴巴，很像的鼻子，很像的眼睛。你把腦袋打開讓我看看，裡頭的陰晴圓缺，激起我心中的漣漪；我們從來沒有說過話，在那一小片刻，漣漪緩緩向外撫平心中的水痕，也許只有一兩分鐘，但已經足夠。

當湖面靜止，我明白，下一輪的月圓你將會回來，切開你的腹，讓你的心流向我。

捕捉隧道口的光

張瑜鳳

駕車往返家裡與辦公室，要經過四個短暫的隧道。幾乎是反射動作，一上車就把廣播頻道打開，聽聽路況、新書介紹，偶爾老歌出現，還會跟著哼唱幾句。

進入隧道之際，音效開始細碎、模糊，雜訊干擾，眼睛也要適應一下昏黃的照明，直至眼前漸漸出現隧道口的光，我知道再一下子就會恢復正常了。

可是，剛剛聽到一半的歌，正要聽主持人評論書本中最重要的一句話、還有明天氣象……暫時都不見了。彷彿人造衛星繞行到地球另一端，恰巧有那麼一截時間，與地面指揮中心的交流是空白的。

這些空白，恰是偶開天眼的時刻，下一篇專欄文的題材，往往在此時突然出現。

沒有紙筆，手握方向盤，怎麼辦？靈感像是一頭橫衝直撞的牛，想套住牠。靈感又像是一抹天上的雲，想要攔截它。心中細細複誦著幾個字句，叮嚀自己待會兒一下車就要趕快拿紙筆記住（手機對我來說，功能僅限於接詐騙集團以及兒女的電話）。

進了辦公室，攀越厚厚的卷宗長城，在椅上坐定，想好的絕妙文句，四散紛飛。回到家，鍋碗瓢盆孩子的聯絡本待折衣服待倒垃圾……又把剛才那令人擊掌的精采點子拋到另一個星系之外。

時間快到了，編輯輕輕地敲來一句：「寫好了嗎？」心中的核彈頓時大爆發。

這就是我寫專欄的日子。

但也是有輕鬆歡樂的時刻啦！譬如在餐桌上，和孩子七嘴八舌地討論爭辯，跟老公明褒暗貶的刀槍不見血，字字句句，每一件事情都在印記著生活的軌跡。一旦想到可以寫的題材，開心地馬上說：「我要寫下來！」一講再講的家規，孩子都不遵守，我也放話：「下個月報紙上見！」朋友們看得很開心，卻也開始擔心自己成爲文章的主角：「欸，作家都沒朋友喔！注意一下。」我當然知道啦！謹守職業道德，避免對號入座；選擇「置入性行銷」的法律常識，不能太艱深拗口，必須實用好記。夫妻間的論戰，沒有贏家或輸家（只有被刪除的五千字）。對孩子的嘮叨，記得別重複。

寫專欄的日子裡，我變得五感全開，提醒我要與社會脈動密切連結，讓我更珍惜享受家庭時光。專欄堆疊起來的人生，希望讀者也有共感，推廣法普教育，是我下半生路程的使命，雖然隧道漫長，總會看到出口的光。

報紙二三事 插畫展

細語　文・圖／PPAN

在少了外出、少了交際，少了接觸的日子裡，發覺面對精簡的生活型態適應得比想像中好，瀏覽社群和電視媒體的時間不自覺減少。平時若是悶壞了，就攜著文字往天台走。

想起童年期，我偏愛閱讀童話和民間故事；比起交際，下課更喜歡往圖書館跑，當時好學的形象，認真再想，只是成天沉溺在天馬行空故事的女童罷了。而那些奇幻故事們，隨著對現實世界的了解，在記憶不斷滑落。

成年後，閱讀嗜好轉為日常風格和生活報章，讀起經歷，好似翻閱新朋友的交換日誌；口語化的報章，是鄰居來串門子的話家常；家務與食譜類別，則是一票親朋好友的私藏小撇步。偶爾，想起幾段文字，發現角色們的獨白潛移默化融入自己的生活習慣裡。在少了接觸的這段日子裡，以另一種交流方式，飽滿的生活著。

追憶似水年華系列講座

輯六

聯合報七十周年
文學星空下
聯合副刊70周年展

副刊的黃金年代

◎侯延卿／記錄整理
◎本報記者余承翰／攝影

主講人
詹宏志

主講人
楊照

無論是作家個人的寫作生涯，
乃至於讀者所見識到的大規模文化風景，
副刊作為一個時代的中心，
讓我們看到了整個台灣社會文化的豐富變遷……

主持人
楊佳嫻

聯副70周年展系列活動中，由冠德玉山教育基金會贊助的「追憶似水年華」線上講座，第一場邀請到詹宏志與楊照主講「副刊的黃金年代」。主持人楊佳嫻開場即闡明《聯合報》副刊並非只有文學，而是從文學到文化，乃至於社會脈動，皆能掌握關注。無論事業版圖有多大，詹宏志和楊照都是從文學人出發，而他們與聯副開始結緣的年代，正是副刊最有影響力的時代。

爭奇鬥豔，攪動社會

一九五六年出生的詹宏志，小學一年級開始讀聯副，從兒童版的「林叔叔講故事」讀起。偌大的報紙只看一小角未免可惜，所以小詹宏志往上看，看到高陽的歷史小說，已記不清是哪一篇，但是記得配圖是海虹的插畫，有文有圖看起來很迷人，吸引了小詹宏志，即使不是每個字都認得，仍然讀出了興趣。

詹宏志有個從小就像圖書館長的姊姊（長大後果眞做了圖書館長），她把家中所有的報紙依照日期疊放，小詹宏志好奇以前的內容，就回頭翻看……可說從民國四十九年至今的聯副，詹宏志都讀過，到現在仍訂閱實體報紙。

詹宏志看《聯合報》長大，沒想到有一天會跑去那裡工作！一九七八年初，他到聯副上班。那個時代，聯副和中時人間副刊競爭激烈，兩個副刊在創新方面爭奇鬥豔，每天都在設法提出各式各樣的計畫來「攪動」這個社會。詹宏志先後在兩個副刊工作過，接觸到瘂弦與高信疆這兩位非常出色的主編，並且發現，這兩位主編都是工作狂。

副刊諜對諜

詹宏志在聯副工作的時候，一年三百六十五天只休春節初一到初三，因為那三天沒有出報紙，其他日子每天從下午一點鐘工作到半夜一點鐘。他說：「那時副刊每天要編兩次！」因為兩大副刊都對另一方要做的事非常敏感。有時第一次發稿先做一份假的版本，到晚上印刷前才改回真的。有時，瘂弦會跟詹宏志說，明天人間副刊會出一個很厲害的題目，你覺得我們應該怎麼應對？大部分的時候，第二天都證明主編的訊息是對的。當然也有錯誤的時候，但有可能是對方也換了稿子。

後來詹宏志到了中時集團，進入人間副刊不久，金庸要來台灣，主編高信疆指派詹宏志去接機，接到之後把人藏起來。他們幫金庸安排今天去台大參加一個活動，明天跟一個政治人物對談，接下來跟年輕藝術家小說家會面……金庸每天從早忙到晚精疲力盡才被詹宏志送回旅館。一連串行程使所有其他報紙完全無法靠近金庸，而金庸也完全不知道自己被一家報社「綁架」了。

掌握全球動脈

詹宏志分析，從前報紙只有三張，副刊就占了一整版，所以副刊的眼球占比（eyeball share）非常高。副刊幾乎是新聞以外所有內容的集合，可謂站在言論與話題的第一線，所有與歷史、政治、文化有關的議題，副刊都有可能觸及。同時，中國大陸還處於封閉的階段，幾乎沒有與外界聯繫。當時的台灣，聯繫了全世界用中文寫作的人。當時兩大報都是非常賺錢的企業，資源豐富，所以從報社老闆到副刊，對於華人作家、學者極爲禮遇。報紙副刊建立了全球性的作家網絡，副刊人的活動力也非常大，幾乎每個國家的學者作家來台，副刊都要接待。

瘂弦很注意海內外文化領域相關的各種動態和訊息，吸納許多專門寫藝術評論、電影評論、介紹歐美文壇動態的人脈，常常能在第一時間通過各種關係找到很多特別的稿子。例如一九七八年陳若曦的《尹縣長》出版，因爲那是最早用小說來寫文革經驗的作品，所以英文版上市造成轟動。瘂弦比所有人都早拿到漢學家Simon Leys（李克曼）寫的英文版序。英文版的書還沒上市，瘂弦就先拿到稿子，搶先刊登。

後來詹宏志到了中國時報，當時的主編高信疆對所有的社會議題都很感興趣，想要掌握甚至創造話題。他覺得重要的議題，會鼓動許多人寫文章發表看法。用今天的說法，就是炒作議題。

當時的副刊是動見觀瞻的媒體，那時詹宏志並不知道自己身處副刊的黃金時期，「黃金都是等我們失去的時候才知道它原來有那麼重要。」

社會力爆發的時代

詹宏志是黃金時代的參與者，七〇年代末、八〇年代初，是一個社會力爆發的時代。台灣從出口替代經濟得到台灣社會的第一桶金；同時嬰兒潮那一代人成家立業，產生許多新的家庭，也產生新的報份需求，造就了當時兩大報的驚人銷量。社會富裕之後，產生大量的消費需求，大量的房地產需求，所以也造就了廣告需求。廣告量增加，又使報業更加富裕。

隨著社會力的爆發，帶來的影響是群眾對每一種議題都感興趣。瘂弦之前，林海音、平鑫濤、馬各三位主編的時代完全是文學導向，沒有社會壓力要他們對社會上的新議題有所回應。但到了七〇年代末，這股趨勢已經擋不住了，副刊無法停留在發表作者投稿的狀態。瘂弦和高信疆強烈意識到這件事，所以積極應變。例如一九七八年聯副的「第三類接觸」單元，以社會議題爲核心，對談者的組成力求出人意表，像是楊牧和胡茵夢，許信良與鳳飛飛。又如新的文化活動、新的劇作、新的畫家，副刊都覺得有義務要探討這些議題。當時的社會狀態，使得副刊編輯突然就站到了整個社會的言論第一線。

楊照與聯副的恩怨

一九七七年，楊照還在念國中，第一次參加《聯合報》小說獎，投了一則短篇小說，起因是《中華日報》用了一篇楊照的小說，因此他信心十足，又寫一篇（現在還留著殘稿）非常存在主義的小說，寫一群人，一個小的戰鬥當中的一個班，總共十幾個人，在一個林子裡面不斷地跟一些看不見的敵人戰鬥，敵人在各種奇怪的情況底下出現，楊照覺得自己寫得很好，卻收到小說獎的退稿，稿子前面還有一行字，寫著：「不要抄襲，要自己創作」。楊照很傷心也很生氣，因爲他的稿子是自己寫的，不是抄來的。於是他把草稿的第一頁撕下來，再把正稿有編輯加註的那一頁也撕下來，一起寄到聯副給瘂弦，請他解釋一下，這稿子抄了誰的哪一篇小說？不過，後來一直沒有收到回信。

楊照比詹宏志小七歲，與黃金時代末期擦身而過，但即使到末期，副刊仍然資源充沛。楊照十八歲上台大歷史系大一，因學姊牽線而爲「聯副三十年文學大系」當校對，此系列總共二十八冊，楊照只校對其中三本，每本校對費一萬元，那時一學期的學費也不過兩三千元。

八〇年代後期，楊照到美國留學，在自立副刊連載長篇小說《大愛》，那時報禁已解除，連載一篇一千字左右，一個月大概可以拿到三萬元稿費，當時換算成美金有一千多元，房租一個月六百美金，相較之下稿費眞的很好用！

報紙大同小異，只有副刊例外

一九八三年，楊照大二，對他而言最重要的一件事情，是他的小說第一次在人間副刊連載。當天早上他打開報紙嚇一跳，發現自己的作品被刊登了，而且搭配林崇漢的插畫，讓他既驚喜又激動。更讓他印象深刻的是出門去上學走到公車站牌的途中，經過一個報攤，看到有一個人買了一份《中國時報》，楊照就跟在那人後面，那人也是到公車站牌，等車的時候打開報紙，楊照站在那人後面，親眼目睹他打開報紙先看副刊，而且是看楊照的小說！

楊照說，那個時代的報紙，絕大部分都是大同小異的內容，電視新聞亦然，只有副刊例外。在訊息貧乏的情況之下，大家非常依賴報紙，那時候有很多人看報紙會快速翻過其他版面，甚至翻都不翻一下就直接看副刊，因爲副刊才有新的東西，才刺激、才有趣。

文學獎評審紀錄

講到聯副，一定會講到「聯合報小說獎」，聯合報在民國六十五年創辦了小說獎，之後時報跟進辦文學獎。而時報辦了文學獎，「聯合報小說獎」也要升等，成為全面的文學獎。楊照覺得最關鍵的一件事情，就是篇幅如此寶貴，可是「聯合報小說獎」從第一屆開始，就把評審過程全部公開。

這一點不僅對於寫作者非常重要，對於當評審的人也非常重要。台灣所有的文學獎四十多年來的習慣，都沿襲這個傳統。這也是一個重要的資產，全世界很少見，評審必須要有一套自己的說法，而這套說法會被公諸於世。

副刊的功勞

楊佳嫻總結，無論是作家個人的寫作生涯，乃至於讀者所見識到的大規模文化風景，副刊作為一個時代的中心，讓我們看到了整個台灣社會文化的豐富變遷。副刊不僅有苦勞，更有非常大的功勞。

文學的漫漫長路

從發表、出版到編選

◎侯延卿／記錄整理

主講人 **陳義芝**

主講人 **簡媜**

對創作的人來說，
從來沒有一個環境叫作「最好的環境」。
對文學來講，
也從來沒有一個年代叫「最好的年代」。
她相信，只要人的世界還運轉，
文學就是被需要的，不會被淘汰……

主持人 **吳鈞堯**

聯副七十周年展系列活動「追憶似水年華」線上講座，第二場由詩人陳義芝、散文家簡媜主講，主持人是小說家吳鈞堯。

陳義芝在聯副超過二十五年，他感恩自己能夠與當代最好的作家結緣；也爲台灣感到慶幸，能有這樣一個媒體，型塑了台灣的價值，以新聞專業來監督政權，同時又以廣大的影響力來鼓勵文學藝術。

簡媜想像七十這個數字的形象，很像一個人握緊拳頭、高高舉起鞭子向前邁進的那個瞬間。她期許媒體擔當社會的一根鞭子，除了記錄時代的面貌，更重要的是鞭策社會的前進。

邂逅副刊的魔幻時刻

一九七〇年七月，陳義芝還不滿十七歲，小說〈悔〉被登在中華副刊。〈悔〉描寫一個幫派少年打群架躺在荒郊野地，意識流手法回憶自己的從前。寫作的緣起，其實是爲了追一個女生。陳義芝讀師專時住校，他二年級，她一年級，學校每周有廣播節目，他寫稿子，她來念。一學期下來，產生了淡淡情愫。他不敢直接告白，暑假各自回家，因此他寫一篇小說，刊登出來之後寄給她，贏得對方的讚美。一切看似非常順利，但是開學回到學校之後，不用寫信聯絡，陳義芝竟不知道該如何表達，以致剛萌芽的戀情不了了之。第一篇小說雖沒有把陳義芝帶進愛情的樂園，但他從此開始寫作投稿，進入了文學的天地。

簡媜出生宜蘭，十三歲喪父即開始分擔家計，本來似乎距離文壇很遙遠，可是她走出了自己的文學路。從高中開始渴望寫作，簡媜夢想成爲作家，但是投稿中時、聯合兩大報副刊每投必敗，因此閱讀副刊總讓她咬牙切齒。

大學畢業那年，簡媜到高雄佛光山短期工讀，整理經卷。幾個月之後，她將下山回到紅塵，把山中所思寫成幾篇文章交給《普門》雜誌的編輯，以感謝這段時間在佛光山的生活，《普門》採用並分期刊登了。後來這幾本雜誌到了聯副主編瘂弦的桌上，瘂弦寫信給她，從此她的作品很順利地被聯副密集刊登。簡媜覺得不可思議，銅牆鐵壁爲她裂開一條縫，機運帶著她跨入了文壇。

把文學的夢帶給老年以後的自己

文學是什麼？簡媜覺得文學是作家的人格特質、情感屬性、人生歷練、知性儲備，以及思想氣象、修養境界，熔鑄於一爐，藉由文字來表現的一門藝術。文學涵蓋了我們的一生，所有在我們人生當中出現的主題、面臨的困境，在文學裡都找得到。簡媜年輕的時候總是幻想要把文學的夢帶給老年的自己，二十歲的時候帶給三十歲的自己，三十歲的時候帶給四十歲的自己，直到有一天必須離開人世。

她認為，文學之所以迷人，是因為它能聆聽與傾訴。聆聽是你聽別人的，傾訴是訴說你自己的。傾訴與說話不同。說話是交換現實與生活上的零碎訊息；傾訴則是抒發內心某些情感流動或某些感受。藝術、繪畫、音樂當然也有這樣的特質，但最容易親近的是文學，因為拿起紙筆就可以書寫，是最便捷的途徑。高中的時候，簡媜隻身從鄉下到台北念書，生活種種一切靠自己，包括生病、牙痛，甚至搬家，有一次她一個人大太陽底下搬了十二趟。她說，你可以把壓力理解為對你的箝制或扼殺，可是壓力也可以激發你的潛能，取決於你怎麼看待壓力。高中生涯給了她最重要的一份禮物，就是寫作的黃金種子。因為沒有朋友，對未來的大學聯考感到迷惘，內心充滿苦悶和焦慮，她需要傾訴。文字才能夠安靜地讓她訴說，這就是她為什麼會迷上文字的原因。

寫作就是自我摸索

陳義芝原本沒有想要走文學這條路，因為初中的時候，他的數學非常好，幾乎都滿分，應該考大學物理或電機系，但是因爲家境關係，他必須念公費的師專。那個年代，師專畢業就是做小學老師。

陳義芝回憶，那時候師專女生徵筆友，都寫徵大專生，底下括號註明師專生除外。師專男生的愛情生活困頓，在孤寂的時刻，又有一些時間（這個「時間」很重要），因爲學校規定周一到周五都要晚自習，晚自習又不准說話（教官會來巡查），那個時間就只有腦子可以動，於是閱讀成爲他消磨時間的主力，慢慢地，心靈開花結果，被文學召喚了，他開始了寫作之路。

寫而優則編

一九七八年瘂弦向陳義芝邀稿，因此陳義芝寫了多年新聞詩；八一年又找他參與編纂《聯副三十年文學大系》，後來就找他擔任正職編輯了。那時《聯合報》來來往往的人物都是思想家、歷史學家、大文學家，聯副編輯很容易接觸到每個領域的泰斗。因爲在聯副工作，陳義芝結識了白先勇、林懷民，見到葉公超，吃到梁實秋夫人煮的湯圓，還跟《鹽分地帶》的水蔭萍（本名楊熾昌，台灣超現實主義的先鋒）通信……這些經歷拉高他的眼界，使他的眼光不至於狹隘停滯。當陳義芝身爲編者，他認爲訓練自己的鑑賞眼光很重要，編者如果沒有足夠的自信分辨稿件的優劣高下，就很難在文學的世界裡悠遊。

寫作幾十年，陳義芝體會到，寫作是一種專業追求，不能僅靠偶然的靈光一閃。文學是一條非常鮮活有趣的路，二十世紀最偉大的德語詩人里爾克寫《給青年詩人的信》，第一封信回答一個年輕人，如果你眞的想寫作，就必須去建造你的生活，包括最瑣碎的時刻，千萬不可以說自己的生活很貧乏，對一個會創造的人來說，生命裡沒有貧乏的事物。作者與編者，對陳義芝來說是二而一的。他做編輯的時候，時時提醒自己不可以停止寫作，編者與作者的美學素養要在同一個位階上，才容易溝通，也才能夠跟自己敬重的作家交流。

對於當編輯，陳義芝樂在其中。他說，編者要懂文學、美學，掌握時代思潮、社會脈動，還要有當今的思維，拓展更寬廣的視野。所有這些對編者的要求，其實也是對作者的要求。

簡媜做過一家雜誌和四家出版社的編輯，民間出版社有銷售壓力，每個星期都要檢討銷售數字，編輯就是被質疑、檢討的對象。對她來說，這是編輯生涯的最大考驗。推出的書籍如何叫好又叫座，第一要有挖掘人才的見識，第二要能夠創造主題。編輯工作的迷人之處，在於你比一個新人或作家先看到了他的潛力、他的未來。另外一個迷人之處是你看到了社會變動過程中，有某些需要、某些話題，讀者可能會感興趣，而你及時編選出他們想要了解的書籍，不管是文學類或非文學類。

編輯散文選是簡媜編者生涯中最愉快的經驗。她認爲，散文來自於每個人的人生，貼近每個人的生活。簡媜解釋，散文也有虛構的，因爲它追求的不是眞相，而是眞實。眞實是共通的，具有普遍性的價值，而眞相的面貌只是生活中的一個面向而已。優秀的散文作品可以跨越年齡、性別、文化，甚至閱歷，觸及到每個人的內心。

致年輕的創作者

陳義芝於一九九七年六月升任主編，那時是報業的黃金盛世，他有領受到副刊的黃金歲月，但是也面臨到需要突圍及內外交迫的時代變動。當年會進入副刊，是因爲把文學當作自己的最高理想，覺得從事文學方面的工作非常有意義。後來眼看社會環境變遷，媒體重心轉移，陳義芝感慨良深，但他堅信文學的根本價值不會改變。

在陳義芝的編輯生涯中，體會到從事文學工作的人必須具備：第一是才氣，這是先天的；第二是閱歷，寫作者不能是一個心靈閉塞的人；然後是學養，一個喜歡寫作的人，一定要閱讀很多書，並且體會人生；最後，一個創作者當然要有深刻的思考，藉由文字帶給別人一些啓發。

簡媜認爲，對創作的人來說，從來沒有一個環境叫作「最好的環境」。對文學來講，也從來沒有一個年代叫「最好的年代」。她相信，只要人的世界還運轉，文學就是被需要的，不會被淘汰。

前陣子簡媜看了一部電影《男孩與駿馬》，以蒙古牧馬人爲背景，一匹馬與一個男孩建立了非常親密的情感。電影中有一段劇情，這匹馬被人騙走了，騙子騎著駿馬不小心掉入一個大泥塘，騙子拋棄馬兒自己跑了。第二天有三個牧馬人趕著一百匹馬經過這個泥塘，看著深陷泥塘的駿馬再這樣下去必死無疑，領頭大哥說：「讓這匹馬決定自己的命運。」他的策略是把一百匹馬驅趕過來圍著泥塘奔跑，馬群鼓譟嘶鳴聲勢越來越浩壯，泥塘裡的馬受到同類激勵，開始掙扎，結果竟成功從泥淖裡掙脫出來。

最後，簡媜借用電影中這一幕場景和牧馬人的那句話，鼓舞年輕朋友——讓你的精神決定自己的命運吧！

影像時代裡的老派生活指南

◎侯延卿／記錄整理

靈感來自於汗水，這個觀念讓他一生受益。
寫作必須天天寫，勤奮寫。
想從事任何行業皆是如此，
不要取巧，沒有捷徑。
無論電影或文學，
都是一個字一個字點點滴滴搞出來的……

主講人 **小野**

主講人 **王正方**

主持人 **張光斗**

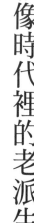

導演王正方是保釣運動黑名單上的一員，滯留美國多年。1988年，時任中影製片部副理兼企畫組長的小野，爭取王正方返台拍片。兩人因此結緣，但很不湊巧，電影還沒開拍，小野辭職離開了中影。

這次聯副70年的活動又把兩人拉到一起，巧的是小野最近透過朋友從加拿大舊貨市場買回很多中央電影公司的拷貝，其中就有王正方與中影合作的那部片子：《第一次約會》！

讀副刊的男孩長大之後

王正方今年八十三歲，聯副成立的時候，他們全家大小都是忠實讀者。小時候他投稿《國語日報》，長大就希望投稿《聯合報》。夏承楹與林海音夫婦住在王正方家隔壁，後來林海音成爲聯副主編，王正方在海外要投稿就寄給夏伯母。

在賓州大學念博士的時候，王正方參與了保釣運動。當時美國把釣魚台列嶼和琉球交給日本，在美國的留學生上圖書館查資料，查出釣魚台列嶼從古至今都屬於宜蘭縣的一部分，引發全美華裔留學生群起抗議，一九七一年一月二十九、三十日分別在美國幾個大城市進行示威，四月十日華盛頓大遊行更集結了全美三十多所院校數千名留學生。保釣一系列活動風起雲捲，許多人包括王正方被捲入了黑名單。

小野則是在平鑫濤擔任主編時開始投稿聯副。一九七六年馬各擔任主編，舉辦聯合報小說獎，小野參加了第一屆，初選被刷掉，可是第二年很幸運成了《聯合報》的簽約作家。當時正是報紙的黃金盛世，馬各與一群作家簽約五年，每人每個月五千元，稿費另計，讓他們好好寫作，不要埋沒自己的天分。那是一九七七年，小野如果在醫學院工作，待遇大約四千五百元，寫稿一個月賺一萬，房價一坪兩萬，很快就可以買房。

第二屆聯合報小說獎徵稿時，馬各看了小野交來的稿件〈封殺〉，覺得寫得不錯，幫小野報名比賽，結果獲得首獎。得獎之後，很多人開始問小野有什麼小說可以改編電影？他自己編劇，第一個劇本是《男孩與女孩的戰爭》，一個劇本稿費十二萬。小野覺得人生順利到有一點不能接受，好像什麼都應該從天上掉下來，然而又覺得從事電影工作和寫作純粹是運氣，所以強迫自己出國攻讀分子生物。他拿到獎學金，一切順利，可是非常不快樂。那個年代的人多半覺得念文科沒前途，但他骨子裡喜歡創作，所以毅然中斷學業。他返台時機正好，一九八〇年剛好是台灣新電影崛起的年代，小野在中影任職八年，跟許多優秀導演如侯孝賢、楊德昌、萬仁……全部合作過了，他很慶幸當年沒有眷戀學位。

人生的養分

小野從美國回到台灣，決定專心從事電影工作的時候，因爲他的背景不是文學也不是電影，對電影很懵懂，在德國文化中心看荷索、法斯賓達、文・溫德斯等德國新導演的電影，一看再看，看不懂就做筆記。他發現電影可以這麼前衛，由此受到啓蒙。

王正方喜歡古詩詞和《紅樓夢》，最喜歡的書是《金瓶梅》。他說《金瓶梅》對白生動，方言性很強，要有一點北方人的背景才能體會其中的語意。他喜愛的電影則多半是好萊塢的作品，認爲好萊塢最上乘的影片有兼顧到市場與藝術。王正方念博士期間，看到史丹利・庫柏力克《二〇〇一太空漫遊》對於電腦、太空的預言，對科學知識的探討，以及編劇的功力、影片的格局，認爲沒有一個導演可以拍得贏他；又發現庫柏力克沒念過任何電影學院，於是王正方想：「或許我也可以拍電影！」

絕非無心插柳

從小讀副刊長大的王正方，念台大時迷上電影。剛到美國時，認爲自己必須拿到電機工程博士學位、找一份穩定的工作、定期寄錢回家，完成階段性任務。然而他對電影始終懷有夢想，一心想做導演。一九八二年，王穎找他及一群好友以十六釐米攝影機拍《Chan is Missing》（《老陳失蹤了》，也翻譯爲《尋人》），預算很少，演員都是自己人，用十六個周末完成，此片成爲第一部在美國藝術戲院上映的亞裔美國人電影。王正方飾演一個餐館廚師，邊炒菜邊唱歌「Fly me to the moon」，那時候美國人譏笑中國人L和R講不清楚，所以他唱的其實是「Fry me to the moon」，煎蛋煎到月球去，逗得美國觀眾笑翻天，他的照片還因此上了《紐約時報》。

一九八三年，香港金像獎導演方育平執導《半邊人》，王正方是兩位編劇之一。緣起保釣運動的時候，王正方有一位好朋友戈武，在柏克萊學戲劇，想拍電影，可是他也是黑名單一員，不能回台灣。戈武不會講廣東話，仍勇闖香港發展。後來BBC請他到長江三峽拍紀錄片，由於他的膝蓋有風濕性關節炎，爲了去三峽要把腿治好，在香港一家醫院輸血時感染肺炎，兩星期就過世了。方育平想拍一部電影紀念戈武，聽說戈武最好的朋友是王正方，便找他去香港寫劇本。王正方當時還在美國喬治梅森大學教書，又是資深工程師，請方育平給他幾個月寫好劇本寄去香港。方育平說：「老王，我們劇本不是這樣寫的。」他們要同吃同住在一起，你一句我一句慢慢寫。王正方說離婚要付贍養費，兒子在美國上私立中學要學費，他需要工作。方育平嗆聲：「我們的好朋友戈武為了電影，連性命都不要了，你不過是丟掉一個工作！」今日王正方想起戈武仍不禁落淚，當時更衝著方育平那句話去了香港，完成《半邊人》的劇本。之後方育平又找他演戈武，王正方就這樣栽入電影圈。《半邊人》一九八三年上映，八四年參加香港電影節，得了很多獎，就是沒得最佳劇本和最佳男演員。這給王正方什麼感覺呢？他說：「有信心可以做導演了。」

在創作路途上，王正方覺得自己非常幸運，參加了許多豎立里程碑的電影，例如《Chan is Missing》。當時美國無法接受亞裔人士的電影，與發行商接洽的時候，對方說：「美國觀眾不會到電影院裡去看一群中國佬在大銀幕上跑來跑去。」那副嘴臉令人憤慨。其實現在仍是如此，老美持續打壓亞洲人。《Chan is Missing》突破以後，亞裔電影才冒出頭；一九八六年王正方的《北京故事》才能夠在美國幾百家戲院上映，成為該年度特別片種（非好萊塢製作）賣座前五名。

創作生涯裡的快樂時刻

王正方拍攝《北京故事》的時候，他設計一個一鏡到底的鏡頭，呈現當年北京一座小公園裡形形色色的人和他們的生活狀態。鏡頭從一汪湖水往前推，看見遛鳥的下棋的唱戲的做體操的打太極的，最後看見男女主角在吵架，兩人越吵越激烈，然後女主角跑掉了。這個想法很簡單，可是配合起來非常困難，因爲公園裡實在太多人，花了一整天的功夫才拍出來。不過，雖然拍片過程有波折，仍然充滿樂趣。

小野喜歡打團體戰，他最大的快樂就是跟一群人一起做事。他喜歡集體創作，一群人一起談劇本、拍電影、到電影院看觀眾的反應：「你幾乎可以想像觀眾在哪裡會笑，大聲笑還是小聲笑，都跟你想的一樣，非常快樂。」

成長背景對創作力的影響

王正方受了很多教育，學過很多東西，以前學的東西最後似乎都沒派上用場，但他覺得凡學過的必留下痕跡，教育的目的是讓人學會怎麼去學習。他拍電影從來沒有延遲進度也從來沒有超出預算，都是源於理工教育的訓練。靈感來自於汗水，這個觀念讓他一生受益。寫作必須天天寫，勤奮寫。想從事任何行業皆是如此，不要取巧，沒有捷徑。無論電影或文學，都是一個字一個字點點滴滴搞出來的。他說：「尤其我命運比較坎坷，《聯合報》從來沒有跟我簽約發錢！」他說被退稿、退劇本的經驗豐富，去募款、籌備拍片失敗了幾十次，被拒絕已是人生日常，有一次成功，就非常高興。

小野回想年輕時習慣貧窮的創作方式，不需要去咖啡館寫作，坐在樓梯口就動手。婚後在餐桌上寫著寫著，老婆把菜端上來，他就把稿子往後挪。作品發表後，老婆把他的手稿拿去墊菜，墊完菜之後直接扔掉。從小他寫作好像只是爲了生活，終於有一天他把手稿都收起來，不給老婆墊菜了。果然日後在一場慈善拍賣會中，他的手稿以二十萬賣出。可惜後來都用電腦打字，沒有手稿了。

王正方相信，再多的媒體，再多的網路，再多的抖音，都不可能取代文字，副刊一定會持續存在。《聯合報》在「正派辦報」這句口號之下，也會與時俱進，越來越豐富，吸引更多年輕讀者。他說，幾百年後，當大家在「某個地方」看《聯合報》，他將炫耀自己曾經在聯副發表過文章！

文學因緣

◎侯延卿／記錄整理

主講人
廖玉蕙

主講人
向陽

主持人
許悔之

大海拋來的浪潮，接不接得住，自己要有所準備。如果接不住，就看你是否可以笑看風兒互相追逐，看年輕一輩耍帥耍酷，無須批評或怨嘆。時代沒有更好更壞，只是變化而已……

主持人許悔之形容聯副是台灣文化重要的風景之一，副刊對許多人的生命影響深遠，對寫作者而言也是飛往文學神奇之地的魔毯。

乘上副刊的魔毯

民國七十五年，廖玉蕙在軍校教書，也在東吳兼課，有學生拿班刊請她寫一點勉勵的話，她以師生互動為主題寫了一篇文章〈閒情〉投給《中國時報》人間副刊，主編金恆煒看了這篇文章，大力向她邀稿，之後人間副刊高頻率刊登廖玉蕙的文章，鼓勵了她邁向寫作之路，也因此有了第一本書。那時不只是報業和出版界的黃金年代，也是作家的黃金年代，寫作的人多，發表的園地也很多。

向陽的人生有二個大夢，第一個大夢是當詩人，第二個大夢是當副刊主編。他第一次在副刊發表的作品是散文〈小喇叭手的獨白〉，刊登於《台灣日報》副刊，當時他念高中，在樂隊吹小喇叭。大一時在聯副連載十天的散文〈行吟集〉，句子很有泰戈爾的味道。大三開始寫詩，大量發表在聯副和人間副刊。當時聯副主編馬各請楊牧幫忙選詩，作品刊登時，作者名字以簽名式呈現，讓向陽備感尊榮。向陽從大三到大四不斷創作，兩年就結集出版了第一本詩集。

退伍後，透過作家陳銘磻介紹，向陽進入海山卡片公司。他寫作生涯中唯一需要被審查的作品就是爲書卡寫的詞句，每一個詞句都要經過全公司投票，投票沒通過就重寫。後來經詩人商禽介紹，向陽轉任《時報周刊》編輯。

二十八歲轉戰《自立晚報》副刊擔任主編，向陽把聯副和人間副刊當假想敵，也把他們當師父。後來向陽升任《自立早報》總編輯和總主筆，並且攻讀碩士，碩士論文寫的就是聯副和中時人間副刊在七〇到八〇年代的競爭，之後又考上政大新聞所博士班。國中夢想成爲詩人，高中夢想成爲副刊主編，三十九歲時完成了這兩個大夢，之後向陽的人生轉向學術之路。

如何辨識自己的文學基因

廖玉蕙小時候喜歡看書，可是從來沒想過要成爲作家。一九八六年，金恆煒帶她去見圓神老闆簡志忠，簡志忠問：不知道有沒有榮幸讓妳的第一本作品在我們這裡出版？她不知道那天是去被徵詢這件事情，驚訝得雞皮疙瘩都起來了。受到肯定之後，她覺得若不繼續寫作豈不辜負人家對她的重視。

向陽小時候家裡賣茶，兼賣書籍文具。他從國小三年級開始幫家裡顧店，到小學六年級時，已把家中的書全看完了。他依書籍版權頁的地址寫信去索取圖書目錄，覺得《離騷》書名好聽，定價十五元也買得起，就劃撥買了。拿到書之後發現那是明朝刻本，沒有注音，沒有注釋，也沒有標點。當時向陽讀國一，看不懂這本書對他的自尊心是一個很大的挑戰，他查字典，下句讀，把它背起來。背完還是不懂，就抄寫。在化學課堂上抄寫《離騷》被老師沒收，十三歲的向陽脾氣很壞，當場把化學課本撕了。

向陽喜歡看書，也訂了不少雜誌，其中一本叫《巨人》。國中時向陽為隔壁班女孩寫下第一首詩〈愁悶，給誰〉（但女孩並不知情），投稿到《巨人》。主編古丁刊登了這首詩，並在編後記說這個國中生將來必定大有可為。向陽受到鼓舞，從此對於寫詩更加「九死不悔」（典出《離騷》「雖九死其猶未悔」）。

文學路上的貴人貴事

廖玉蕙小學時通勤到台中市區念書，黃昏時到中央書局看小說，回家就自己寫後續發展。一直以來都是學校語文競賽的高手，大學參與編校刊，因而也參加了救國團舉辦的編輯人研習會——全台灣大專院校的校刊正副主編大約兩百多人齊聚研習編務。當時瘂弦是《幼獅文藝》主編，就在那幾天的研習會選中廖玉蕙去《幼獅文藝》當編輯。廖玉蕙在編務中受到薰陶、學到文字的素養，也累積了人脈。

她說瘂弦、金恆煒、簡志忠是她文學之路的貴人，此外，九歌創辦人蔡文甫、總編輯陳素芳長期出版她的書，也都是她的貴人。

向陽說，假設寫作是一種孤獨，讀者就是最大的貴人。人的一生，總有不同的人，在不同階段給予不同的栽培、指導或刺激。在頓挫、徬徨、找不到路的時候，爲你指點一條路的人，更是貴人。在向陽的文學路上，古丁、楊牧都是貴人。向陽大三開始要寫詩的時候，選擇寫台語詩，獲得《笠詩刊》的趙天儀和《台灣文藝》鍾肇政的青睞，這兩家雜誌也帶給年輕時的向陽一個繼續寫下去的希望。

還有瘂弦和高信疆慧眼賞識，而且兩人經常命題作文，刺激向陽腦力。有時候瘂弦要新聞詩，下午打電話，當天晚上就要交件。高信疆更瘋狂，向陽在《時報周刊》有時候晚上飯局到八點多回報社，高信疆一通電話過來，要求九點交件，他就得馬上寫一首詩。

在編輯領域，簡志信、商禽，是向陽的恩人。一九八〇年，《時報周刊》

是台灣最具影響力的大八開雜誌。簡志信把商禽帶進《時報周刊》，商禽又引薦向陽。商禽與向陽必須在很短的時間內看各種稿子、下標題、到工廠督印，熟悉整個雜誌編輯流程。因此後來向陽到《自立晚報》做副刊主編如魚得水，當然也必須感謝當時《自立晚報》社長吳豐山器重。

比較靈敏的編輯，甚至可能幫作家開發題材。有一次廖玉蕙寄十篇短文給聯副主編宇文正，每篇差不多兩三百字。第二天剛好有一個聚會，廖玉蕙講起其中一篇故事：因為廖玉蕙和先生蔡全茂曾經被老同學詐騙，所以對多年未見突然聯絡上的朋友都抱持戒心。蔡全茂的小學同學王先生，是一位台商，每次回台灣都送禮到蔡家。蔡全茂和廖玉蕙嚴陣以待，萬一老同學要借錢，就要熟練地講出一套拒絕的說辭。可是直到王先生過世都沒有跟他們借過錢。夫妻倆去參加喪禮時，王太太感謝他們這些年給予她先生的友誼，她說先生一生經歷許多商場的爾虞我詐，覺得只有童年的朋友最能推心置腹。走出殯儀館，蔡全茂號啕大哭。宇文正聽了這故事深受感動，認為兩百字把這題材用掉，太可惜了，建議廖玉蕙重新以散文書寫。後來寫成四千多字的〈純眞遺落〉在聯副發表，此篇作品在網路上廣為流傳。

文學環境的變

在這個網路普及、去中心化的時代，許悔之詢問，隨著時代一直在變化，現在的文學環境是更多選擇或更多無奈？

廖玉蕙回想小時候玩過頭太晚回家，媽媽說：「先去吃飯，吃飽你就知道。」因爲媽媽沒有講出來到底會有什麼懲罰，所以她很不安，害怕得飯都吃不下。現在的她覺得有什麼好怕的？反正最壞也就是挨打或是罰跪嘛。同樣的，因爲我們不知道未來會有什麼改變，所以難免焦慮。但無論是好是歹，改變都無法遏抑地一直來一直來，廖玉蕙認爲悲觀或樂觀都無濟於事。唐詩、宋詞、元曲、明清小說，每一樣都不是因循從前，而是從之前的形式脫胎換骨。又譬如現在的聯副有數位版，其中「爲你朗讀」單元可以在網路上聽詩人朗讀，有聲音、有畫面，夜深人靜時聆聽，世界靜美，分外感動。這就是一個改變，而且是往好的方向發展。

時代的改變不停歇，未來無可限量，廖玉蕙認爲要先把對應的方式想好。大海拋來的浪潮，接不接得住，自己要有所準備。如果接不住，就看你是否可以笑看風兒互相追逐，看年輕一輩耍帥耍酷，無須批評或怨嘆。時代沒有更好更壞，只是變化而已。

向陽認爲，一九九〇年之前是平面媒體的時代，一個好的報紙副刊，如果受到歡迎，就能掌握解釋社會的權力，領導社會風潮，形成文化領導權或文化霸權。正因爲有這樣的權力，所以副刊可以對讀者或當時的意識形態，產生重大的滲透與影響。但網路出現後，環境大幅改變，文學傳播「去中心化」，不再只被少數人掌控，文學被解放了。你可以不考慮閱聽人數，在YouTube讀自己寫的詩、創作小說、創作歌曲，沒人阻攔。不只作家，歌手和演員也同樣面臨時代的變化。權力在分散，對新進作家、新的文學來講，活水出現了，可以嘗試任何構想。文學和藝術需要被試驗，需要前衛性，而不是遵循過去的法規，即使創造自己的土星文也沒關係。

然而紙本年代的讀者或許只需要看三大報的其中一版，數位時代的讀者看的卻可能是三千個媒體中的一個網頁，創作者要如何被看見？向陽強調，當你選擇文學，就必須理解，你需要讀者，更需要信念與堅持，從古至今皆是如此。在這個年代，幸好已經有了天空，想創作就快樂地去翱翔吧！

今夜星光燦爛

從文學獎談起

◎侯延卿／記錄整理

主講人
駱以軍

主講人
鍾文音

切勿得失心太重，你喜歡文學是喜歡它的本質，
一輩子都不會離開它，
它讓你榮枯的生命裡總是有路可走。
西方作家如毛姆、莒哈絲，寫作量很大，
他們從來不認為自己應該停筆，
吳爾芙即使得了憂鬱症仍寫到最後，
在困頓時更加擁抱文學……

主持人
宇文正

聯副七十周年系列活動「追憶似水年華」線上講座，第五場由五年級世代的小說家駱以軍、鍾文音對談，主持人是宇文正，她說這一場是百無禁忌的五年級同樂會。

進入文壇

學生時代還不知道文學獎的存在，鍾文音甚至不知道她就讀的淡江大學有五虎崗文學獎，她說自己是一個游離分子。雖然不知道有文學獎，但是熱愛文學。她的文學啓蒙來自於上一代的作家，看他們的作品，發現自己應該可以寫，一九九四年以〈怨懟街〉得到「聯合文學小說新人獎」。之後因爲失戀的關係，跑到紐約去讀書，在紐約寄了很多稿子給聯副皆石沉大海，只好參加文學獎。一九九七年，以〈一天兩個人〉獲得《聯合報》短篇小說獎，應出版社邀約開始出書。一九九九年〈我的天可汗〉獲得《聯合報》散文獎，她剛回台灣就接到宇文正的電話通知。

後來一直得獎，多年來看似很有紀律地寫作，彷彿極有意志力，但鍾文音認爲她其實是一個沒有目的性的人，在這個文學的花園裡不斷地迷路、遊走，灌溉、耕耘、枯萎，試圖去成爲自己，成爲一個品種，根屬於自己所熱愛的世界。

人情世故

駱以軍說鍾文音是「傻妹」，但在現實生活中兩人的腦子同樣缺少「世故」成分，人情世故只存在於他們的寫作裡。鍾文音解釋，寫小說必須解析人性，當然不能很單純或很白目，但他們不會世故地在文壇的人事裡流轉。有世故的眼睛，可是保持純眞的心。

鍾文音以前住在八里，她的客廳就是五年級世代作家的客廳，彼此拉拔，相濡以沫。鍾文音的「八里」發音被駱以軍取笑，她自嘲有一位朋友某日從塞納河畔打電話來說：「我到了！」後來朋友才搞清楚原來鍾文音不是住在「巴黎」。

鍾文音說，剛認識宇文正的時候，「瑜雯很可愛，她會給我看小孩或親子旅行的照片。」宇文正接話：「這十年來最大的差異，就是以前掏出來都是孩子的照片，現在全是貓咪的照片！」駱以軍說：「我都是壽山石照片！」鍾文音無奈，「你還有壽山石，我掏出來的都是我媽臥床的照片。」她說有一次提著兩大串成人尿褲，走在中山捷運站，竟然遇到前男友。「啊，永遠記得那一幕，好倉皇！」

駱以軍前幾年大病，連醫生都說不樂觀，恐怕陽壽快到盡頭。他想到最喜歡的小說家波拉尼奧和瑞蒙・卡佛，都是五十歲左右過世，自己年過五十了隨時有可能嗝屁，然而卻還未寫出一本像波拉尼奧《2666》那樣的作品，就覺得遺憾。

得獎與中獎

駱以軍一九九〇年獲得「聯合文學小說新人獎」，隔年又以〈手槍王〉得到時報小說獎。一九九一年，他還沒談過戀愛，那個暑假完成〈手槍王〉和〈鴕鳥〉兩篇小說，準備參加兩大報的文學獎。寫完就帶著兩包稿子到媽媽的佛堂，跪求觀世音菩薩保佑他得獎。

駱以軍有位朋友，老家在竹北，阿公是地主。那一年義民節，朋友的爸爸、叔叔爲了幫阿公過壽，買了豬公參加比賽，得到第一名，駱以軍跟著朋友返鄉慶祝。那一夜，駱以軍這個吃素的外省、台北小孩，闖入一個非常幻異的空間，有辦桌、蜂炮、夜市、脫衣舞花車、賭輪盤……還有射飛鏢，他還拿到了頭獎。空氣中瀰漫各種味道，人擠人非常熱鬧。他被朋友的三叔灌酒，喝得醉醺醺去搭台鐵。半夜回到永和老家，按門鈴吵醒媽媽來開門。睡眼惺忪的媽媽見到他就說：「有個什麼報社打電話來說你中獎了。」原來是寄給時報的〈手槍王〉獲得首獎（寄給《聯合報》的〈鴕鳥〉則是初審階段就被退件了）！

兩年後，駱以軍出書《紅字團》，同時收錄了〈手槍王〉和〈鴕鳥〉，學者王德威寫了一篇書評〈鴕鳥離開手槍王〉，卻是期望駱以軍往〈鴕鳥〉那一篇的方向寫作，而不是朝〈手槍王〉那種炫技的風格發展。

評審驚奇

鍾文音好奇，那些好幾次入圍但沒有得獎或因一分之差而落選的人，還會不會繼續寫作呢？台灣作家的出路太少，畢竟文學獎提供了一個平台，但文學獎也製造了一種幻覺，年輕時得獎，以爲這個獎可以支持你走到往後的人生，後來會發現，你不斷在這個大海裡淘金，但含金量那麼少，早知道應該好好規畫人生，而不是用整個人生來做賭注。

鍾文音相信文學獎的得失會影響很多人的創作，做評審時總是戒愼莊重。有些作品很亮眼，一看就是首獎之作。有的作品勉強進入決審，未料結果卻得到第一名。也有些僅獲佳作的作者，反而後來的寫作之路比首獎得主更順遂。她感到當評審的另一個樂趣，就是會看到同儕之間眼光的不同點在哪裡。

這一點駱以軍也頗有感觸。香港中文大學每兩年舉辦一次「全球華文青年文學獎」，去年小說組評審是王安憶、黎紫書、駱以軍。駱以軍發覺自己和前輩作家王安憶常常觀點迥異，看三、四十篇作品，選出來的落點完全不同。但做爲王安憶的讀者，明白她的小說之路扎實認眞，這也會令他反覆思索觀點的差異源自什麼。

建立支援系統

鍾文音年輕的時候以爲文學是她唯一想要闖蕩的迷宮，不論要繞行多遠的歧路，「如果生命要讓你多走一點彎路，那你就多看一點風景。」然而一路走來，進入哀樂中年，發現人生如此龐然，大過於文學太多。年輕時沒有想過災難可能席捲而來，這幾年她過得太辛苦，彷彿書房門一開，就有一隻惡犬等著撲上來；躲在書房裡，以爲可以安逸寫作，可是又換取不了什麼。鍾文音解釋，做爲一個專業作家，專業是指技能，不斷地挑戰小說的技藝和散文的技術，但也未必要成爲專職的作家。甚至開店、擺攤、賣小吃都好，應建立一個支援系統來餵養自己的文學種子。

這六年來，鍾文音身兼半個看護工。很多人看到鍾文音的時候，說她不像從屎尿中出來的人。她不認為擔任照顧者就不能光鮮亮麗，她把媽媽的房間布置得充滿玫瑰香、精油香，屋子裡則瀰漫咖啡香。母親很虛弱，病房裡充滿死亡的哀愁……鍾文音說，「萬劫之中，反而要更堅韌，面對文學與人生皆是如此。」

時間是一把殺豬刀，還是一把智慧之劍？鍾文音建議年輕一輩，當你沒有舞台，你就去鍛鍊。如果外面沒有舞台，就回到自己的舞台。如果外面有舞台，你也熱情擁抱，不要隔絕。切勿得失心太重，你喜歡文學是喜歡它的本質，一輩子都不會離開它，它讓你榮枯的生命裡總是有路可走。西方作家如毛姆、莒哈絲，寫作量很大，他們從來不認為自己應該停筆，吳爾芙即使得了憂鬱症仍寫到最後，在困頓時更加擁抱文學。一直寫，是磨劍，能不能出版是另一回事。寫作這件事的莊嚴性，不該以成就和名利來衡量。

遊戲與狼

現今網路世界訊息發達，競爭激烈，非常殘酷。駱以軍分析，近來韓劇

《魷魚遊戲》能打動這個世代的年輕人，因爲映照出他們生涯中所面臨的挑戰，每個環節都可能慘遭殲滅，資源要留給能夠生存下來的人。他在香港授課時，發現許多大陸年輕人非常認眞，那不是狼性，而是要成爲一個世界性的競爭者，必須擁有參與這個行業最好的配備，學習各國語言、所有的文學理論，該聽的音樂、該具備的美學素養……爲什麼要如此辛苦？因爲帝國規格開啓的不平等重力場，落後的人要更努力追趕。

二十世紀下半葉，台灣經濟起飛，產生大批女工。後來女工的產地轉移到深圳、珠海、廣州，處處血汗工廠。九十年代，台灣開始做晶圓代工，一路到現在。啓蒙我們這些開發中國家的那些歐洲文學作品，背後的本質是帝國的規模，奧匈帝國、法蘭西帝國、大英帝國、俄羅斯帝國……後來日本也學西方發展帝國概念。長篇小說呈現了十九世紀整個帝國的浮華、盛世，在中國的《紅樓夢》也是。爲什麼全世界有這麼多的學院仍在討論那些舊時文豪，因爲經典文學背後有一個帝國概念的文化高度。當代美國是世界強權，美國小說家成名之後，銷路是全球市場。相較之下，台灣的文學獎規格就好像漁會理事長選舉。

這麼說有點悲傷，而離開了文學獎之後，許多優秀的小說創作者最終可能還是改行另謀發展。但即便如此，對駱以軍而言，寫小說仍是很深刻、別的東西無法替代的珍貴的事。因爲寫小說是最接近於瀆神的一件事，一部小說是一個小宇宙，小說家彷彿篡奪了上帝的創造權力。

座談尾聲，主持人宇文正說明這整個聯副七十的系列活動主題是「文學星空下」，因爲每一個寫作者都是一顆星，固然每個人亮度不同。「我們是一群喜愛文學的人，喜歡文字，對人有興趣，對所處的社會有情感，於是我們會繼續書寫。」座談會的標題「今夜星光燦爛」，因爲最初的構想，是在華山舉辦實體講座，這一場預定是在閉幕前最後一個夜晚，邀請兩位正在寫作巔峰的小說家，與熱愛文學的朋友們談心、交流。疫情爆發，令講座轉往線上，聽眾點閱的時間，不一定是在白天或夜晚，但聯副仍決定維持原來的標題，宇文正說：「因爲無論白天還是夜晚，其實星星都在的，只是你有沒有看到而已。」

文學浪潮中的擺渡人

宇文正
聯合報副刊組主任

這部專書，收藏了近六十位作家的文章、插畫或是對談記錄。有與聯副淵源深厚的資深作家，細說與聯副數十年交往點滴與眞摯情誼；有中生代作家寫給聯副溫暖的祝福；有青年作家酸辣無忌大膽想像未來的副刊。

聯副七十年，是慶典，是里程碑，也是壓力，一年來籠罩著副刊組所有同仁；對我而言，甚至有這樣的錯覺，在我撰寫《聯合報60年》副刊史的時候，這場《聯副70年》的系列活動彷彿就已開始籌備了。面對報業鉅變的各種挑戰，聯副同仁這十年來，從時間與空間的座標，策畫種種專題，開拓副刊關懷的面向；打造影音系列，迎向數位匯流；並且馬不停蹄舉辦各種活動，讓紙本副刊立體化，讓編者與作者、讀者面對面。

而聯合報原來準備籌辦一場盛大的副刊七十年展的。這一年來，我們一邊參與這多媒體現場展的炫奇構想，一邊著手整理副刊歷史、種種資料，之後經歷新冠肺炎疫情爆發，大家猶豫踟躕，最後所有企畫轉向網路重新來過。直到線上展的官網上線，每一場線上對談錄影、後製完成，一篇篇紙上展在聯副、繽紛、家副刊出……直到這一本紀念專書的校樣呈現眼前，《文學星空下——聯副70》在二〇二一與二二交接之際，爲這場慶典畫下美麗句號，相信更爲台灣副刊史留下記錄。

我想起剛進聯副那一年（一九九九年），有位美編姊姊李兆琦對我說：「歡迎妳來聯副。能在聯副工作，都是上輩子有修的。」她說得慎重，目光看進我眼底，像是要看進我的前世一般。我常玩笑對緬懷副刊「黃金時代」的前輩作家說：「好日子都被你們過完了！」其實並不眞的抱怨。每日編版，既未計較「好日子」究竟是什麼樣的日子，也不特別在意「上輩子有修」之說是什麼道理。卻在閱讀這一篇篇作家對聯副的深情告白，他們的感念，他們的護持，他們的期許，我深深地懂了。

不過，原以爲聯副70系列活動忙過之後，我們就可以好好休息，輕鬆一陣子了，完全沒有，聯副71已經撲面而來了！但面對未來，我想對修得同船的聯副同仁說，我們是文學浪潮中的擺渡人，聯副這艘船，從七十年前，往復從此岸到彼岸，每一天，都是一次航行，或華麗，或驚險，乘載源源不絕的夢想和知識，面對這科技網路的新世界，不要懷憂喪志，聯副實已長出翅翼，更像是一艘太空船了！

文學星空下 聯副70

出版／聯合報新聞部
統籌／范凌嘉
主編／宇文正
編輯．集稿／宇文正、王盛弘、胡靖、譚立安、陳姵穎
美術設計／蔡文錦
校對／宇文正、王盛弘、胡靖、譚立安、陳姵穎
企劃／陳偉民

聯合報新聞部
地址／22161新北市汐止區大同路一段369號
電話／02-8692-5588
印刷／秋雨創新股份有限公司
初版／2022年2月
定價／新台幣 360元
ISBN／ 978-986-95626-8-3
劃撥／帳號：19920749
戶名：聯合報股份有限公司
註明：書名、姓名、電話、地址
洽詢／02-8692-5588轉2974

國家圖書館出版品預行編目(CIP)資料

文學星空下：聯副70
宇文正主編. -- 初版. -- 新北市：聯合報新聞部, 2022.02 288面；14.8*21公分
ISBN 978-986-95626-8-3(平裝)
1.CST: 聯合報 2.CST: 報紙副刊 3.CST: 文集 4.CST: 臺灣
893.9 111000134